Maigret
Der 15. Fall

Georges Simenon

Maigret und der geheimnisvolle Kapitän

Roman

Aus dem Französischen von Hansjürgen Wille, Barbara Klau und Julia Becker

Kampa

Das französische Original erschien 1932 unter dem Titel *Le port des brumes* im Verlag Fayard, Paris.
Die deutsche Erstausgabe erschien 1952 unter dem Titel *Nebel über dem Hafen* im Verlag Detektiv Club, Wiesbaden.
Für die vorliegende Ausgabe wurde die Übersetzung der 1966 unter dem Titel *Maigret und der geheimnisvolle Kapitän* im Verlag Kiepenheuer & Witsch, Köln, erschienenen zweiten deutschen Ausgabe von Julia Becker grundlegend überarbeitet.

Mehr Informationen über die Simenon-Gesamtausgabe:
www.kampaverlag.ch/simenon

www.kampaverlag.ch
Covergestaltung: Herr K | Jan Kermes, Leipzig
Coverabbildung: Mathieu Persan © Kampa Verlag
Satz: Tristan Walkhoefer, Leipzig
Gesetzt aus der Stempel Garamond LT
Druck und Bindung: CPI books GmbH, Leck
Auch als E-Book erhältlich und als Hörbuch bei DAV
ISBN 978 3 311 12505 1

I

Die Katze im Haus

Als man Paris gegen drei Uhr verließ, schien eine kühle Herbstsonne, und auf den Straßen herrschte reges Leben. Kurz vor Mantes gingen dann die Lampen im Abteil an. Ab Évreux war draußen alles dunkel. Und jetzt sah man durch die beschlagenen, tropfnassen Scheiben dichten Nebel, der den Schein der vorübergleitenden Lichter dämpfte.

Maigret saß behaglich in seiner Ecke, den Kopf angelehnt, und beobachtete mit halb geschlossenen Augen unablässig die beiden ungleichen Menschen, die ihm gegenübersaßen.

Kapitän Joris schlief. Die Perücke auf seinem berühmten Schädel war verrutscht, sein Anzug zerknittert, während Julie, beide Hände auf der Tasche aus falschem Krokodilleder, ins Leere starrte und trotz ihrer Müdigkeit ein nachdenkliches Gesicht zu machen versuchte.

Joris! Julie!

Kommissar Maigret von der Kriminalpolizei war es gewohnt, Leute plötzlich in sein Leben eindringen zu sehen, tage-, wochen- oder gar monatelang von ihnen in Beschlag genommen zu werden, ehe sie dann erneut in der anonymen Masse abtauchten.

Das Rattern der Räder skandierte seine Gedanken, die gleichen wie zu Beginn jeder Untersuchung. Würde diese hier aufregend, banal, widerlich oder tragisch sein?

Maigret betrachtete Joris, und ein vages Lächeln huschte über seine Lippen. Ein merkwürdiger Mann! Fünf Tage lang hatte man ihn am Quai des Orfèvres »den Mann« genannt, da man seinen Namen nicht kannte.

Man hatte ihn auf den Boulevards aufgegriffen, weil er wie ein Irrer zwischen den Bussen und Autos herumgelaufen war. Man verhört ihn auf Französisch. Keine Antwort. Man versucht es mit sieben oder acht anderen Sprachen. Nichts. Auch auf die Taubstummensprache reagiert er nicht.

Ein Verrückter? Er wird in Maigrets Büro untersucht. Anzug neu, Wäsche neu, Schuhe neu. Alle Etiketten herausgetrennt. Keine Papiere. Keine Brieftasche. Fünf Tausendfrancscheine in einer seiner Taschen.

Recherchen im Strafregister, in den Meldekarteien. Telegramme innerhalb Frankreichs und ins Ausland. Und »der Mann« lächelt liebenswürdig von morgens bis abends, trotz der anstrengenden Verhöre!

Ein Mann um die fünfzig, untersetzt, breite Schultern. Setzt sich nicht zur Wehr, regt sich nicht auf. Manchmal scheint er sein Gedächtnis zu bemühen, gibt es aber rasch wieder auf.

Amnesie? Eine Perücke rutschte ihm vom Kopf, und man stellt fest, dass vor höchstens zwei Monaten eine Kugel in seinen Schädel eingedrungen ist. Die Ärzte bewundern die gelungene Operation. Selten haben sie dergleichen gesehen.

Wieder Telegramme, an Krankenhäuser in Frankreich, Belgien, Deutschland, Holland.

Fünf volle Tage penibler Nachforschungen. Analysen der Flecke an den Kleidungsstücken und der Staubteilchen in den Taschen ergeben kümmerliche Resultate.

Man findet Reste von Fischrogen, das heißt getrocknete und pulverisierte Kabeljaueier, die man im Norden Norwegens als Köder beim Sardinenfang einsetzt.

Kommt »der Mann« von da? Ist er Skandinavier? Indizien weisen darauf hin, dass er eine lange Zugfahrt hinter sich hat. Aber wie hat er allein reisen können, ohne den Mund aufzutun, mit dieser verstörten Miene, durch die er sofort auffällt?

Sein Foto erscheint in den Zeitungen, und bald darauf trifft ein Telegramm aus Ouistreham ein: *Unbekannter identifiziert.*

Eine Frau folgt dem Telegramm, ein Mädchen

vielmehr. Schlecht geschminkt, mit müdem Gesicht taucht sie in Maigrets Büro auf: Julie Legrand, die Haushälterin »des Mannes«.

Allerdings ist er jetzt nicht mehr »der Mann«. Er hat einen Namen und einen Beruf: Yves Joris, früher Kapitän der Handelsmarine, Hafenmeister von Ouistreham.

Julie weint. Julie versteht das alles nicht. Julie fleht ihn an zu reden. Er blickt sie sanft und freundlich an, wie er alle anblickt.

Kapitän Joris verschwindet am 16. September aus Ouistreham, einem Hafenstädtchen zwischen Trouville und Cherbourg, und jetzt ist es Ende Oktober.

Was hat er in den sechs Wochen gemacht?

»Er hat wie gewöhnlich abends bei Flut an der Schleuse Dienst getan. Ich bin schlafen gegangen. Am nächsten Morgen war er nicht in seinem Zimmer.«

Erst hat man geglaubt, Joris sei ins Wasser gefallen, weil er im Nebel nichts sah. Man hat ihn mit Stangen gesucht. Dann hat man angenommen, er sei abgehauen.

»Lisieux … Drei Minuten Halt.«

Maigret vertrat sich die Beine auf dem Bahnsteig und stopfte sich eine neue Pfeife. Er hatte seit Paris so viel geraucht, dass das Abteil ganz verqualmt war.

»Einsteigen!«

Julie hatte inzwischen ihre Nasenspitze mit der Puderquaste betupft. Ihre Augen waren vom Weinen noch ein wenig rot.

Es war seltsam, manchmal wirkte sie hübsch, beinahe vornehm, dann wieder spürte man, ohne genau zu wissen, warum, das kleine, einfältige Bauernmädchen in ihr.

Sie rückte die Perücke des Kapitäns zurecht, »ihres Herrn«, wie sie sagte, und sah Maigret mit einer Miene an, als wollte sie sagen: »Ist doch wohl mein gutes Recht, mich um ihn zu kümmern.«

Denn Joris hatte keine Angehörigen. Er lebte seit Jahren allein mit Julie, die er seine Wirtschafterin nannte.

»Er hat mich immer wie seine Tochter behandelt …«

Und er hatte keine Feinde, keine Abenteuer, keine Liebschaften!

Nachdem er dreißig Jahre lang zur See gefahren war, konnte er sich nicht in den Müßiggang schicken. Trotz Pensionierung bewarb er sich um den Posten des Hafenmeisters in Ouistreham und ließ sich dort ein kleines Haus bauen.

Und eines schönen Abends, am 16. September, ist er von der Bildfläche verschwunden und dann sechs Wochen später in Paris in diesem Zustand wieder aufgetaucht.

Zu Julies Entsetzen trug er jetzt einen grauen Konfektionsanzug. Sie hatte ihn immer nur in Marineuniform gesehen.

Sie war nervös und verlegen. Jedes Mal, wenn sie den Kapitän anblickte, drückte ihr Gesicht zugleich Rührung und eine vage Furcht aus, eine unüberwindliche Angst. Aber er war es wirklich, es war wirklich »ihr Herr«. Und doch war er nicht mehr ganz derselbe.

»Er wird wieder gesund werden, nicht wahr? Ich werde ihn pflegen.«

In dicken Tropfen rann das Wasser an den beschlagenen Scheiben herab. Sanft schaukelte Maigrets Kopf im Rhythmus des Zugs hin und her. Er saß behaglich da und beobachtete unverwandt die beiden: Julie, die ihm gesagt hatte, man hätte ebenso gut dritter Klasse fahren können, wie sie es gewohnt war, und Joris, der erwachte, aber nur blinzelnd um sich blickte.

Die nächste Station war Caen, dann kam Ouistreham.

»Ein Dorf mit tausend Einwohnern«, hatte ein aus der Gegend stammender Kollege zu Maigret gesagt. »Der Hafen ist klein, aber bedeutend wegen des Kanals, der ihn mit Caen verbindet und auf dem Schiffe von fünftausend Tonnen und mehr fahren können.«

Maigret versuchte nicht, sich ein Bild von dem

Ort zu machen. Er wusste, dass man sich dabei stets täuschte. Er wartete, und sein Blick fiel immer wieder auf die Perücke, unter der sich die noch rötliche Narbe verbarg.

Ehe Kapitän Joris verschwunden war, hatte er dichtes dunkelbraunes Haar gehabt, das nur an den Schläfen leicht ergraut war, ein weiterer Grund zur Verzweiflung für Julie. Sie wollte diesen kahlen Schädel nicht sehen. Jedes Mal, wenn die Perücke verrutschte, rückte sie sie hastig wieder zurecht.

»Kurz, man hat ihn töten wollen …«

Ja, man hatte auf ihn geschossen. Das stand fest. Aber man hatte auch alles getan, um ihn am Leben zu erhalten.

Er war ohne Geld fortgegangen, und man hatte ihn mit fünftausend Franc in der Tasche aufgegriffen.

Plötzlich öffnete Julie ihre Handtasche.

»Ich hab ganz vergessen, dass ich die Post des Herrn mitgebracht habe.«

Kaum etwas von Belang. Prospekte von Firmen, die mit Schiffszubehör handeln, eine Beitragsquittung der Kapitänsgewerkschaft der Handelsmarine, Postkarten von Freunden, die noch im Dienst waren, darunter eine aus Punta Arenas.

Ein Brief der Banque de Normandie in Caen. Ein Vordruck, die Lücken mit Maschinenschrift gefüllt:

… bestätigen wir, dass wir Ihrem Konto Nr. 14173 die Summe von dreihunderttausend Franc gutgeschrieben haben, die Sie von der Niederländischen Bank in Hamburg haben überweisen lassen.

Und dabei hatte Julie mindestens zehnmal versichert, der Kapitän sei nicht reich. Maigret blickte die beiden abwechselnd an. Der Kabeljaurogen … Hamburg … Die in Deutschland hergestellten Schuhe …

Und Joris, der als Einziger Licht in die Sache bringen konnte! Joris, der liebenswürdig lächelte, als er merkte, dass Maigret ihn musterte.

»Caen! Der Zug fährt nach Cherbourg weiter. Reisende nach Ouistreham, Lion-sur-Mer, Luc …«

Es war sieben Uhr und der Nebel so dicht, dass der Schein der Lampen auf dem Bahnsteig kaum den milchigen Schleier durchdrang.

»Wie kommen wir jetzt weiter?«, fragte Maigret Julie.

»Es gibt keinen Anschluss mehr. Im Winter fährt die Kleinbahn nur zweimal täglich.«

Vor dem Bahnhof standen Taxis. Maigret hatte Hunger. Da er nicht wusste, ob es in Ouistreham ein Lokal gab, wollte er im Bahnhofsbuffet essen.

Kapitän Joris war gleichbleibend fügsam. Er aß, was man ihm auftischte, wie ein Kind, das denen vertraut, die sich seiner annehmen. Ein Eisenbahner strich ein paarmal um den Tisch herum, betrachtete den Kapitän und sagte dann zu Maigret:

»Ist das nicht der Hafenmeister von Ouistreham?«

Und er tippte sich mit dem Zeigefinger an die Stirn. Nachdem Maigret genickt hatte, ging er befriedigt davon. Julie versuchte ihre Nervosität zu überwinden, indem sie sich an Äußerlichkeiten klammerte.

»Zwölf Franc für so ein Essen, und nicht mal mit Butter gekocht! Wir hätten doch zu Hause etwas essen können ...«

Im selben Augenblick dachte Maigret:

»Eine Kugel in den Kopf ... Dreihunderttausend Franc ...«

Das Taxi, das sie nahmen, war ein ehemaliger Privatwagen mit durchgesessenen Polstern und knarrenden Achsen. Die drei saßen zusammengedrängt im Fond, denn die Klappsitze waren entfernt. Julie zwischen den beiden Männern.

»Ich frage mich gerade, ob ich das Gartentor abgeschlossen habe?«

Je näher man dem Ziel kam, desto mehr wurde sie wieder die besorgte Hausfrau.

Als sie aus der Stadt herausfuhren, stießen sie gegen eine Nebelwand. Kaum zwei Meter entfernt tauchten mit einem Mal ein Pferd und ein Karren auf, ein Geisterpferd, ein Geisterkarren. Und es waren auch Geisterbäume und Geisterhäuser, die zu beiden Seiten der Straße vorüberglitten.

Der Fahrer drosselte die Geschwindigkeit. Sie fuhren kaum hundert Stundenkilometer, und doch schoss unvermittelt ein Radfahrer aus dem Nebel, streifte einen Kotflügel. Sie hielten an. Er war nicht verletzt.

Sie fuhren durch das Dorf Ouistreham. Julie schob die Scheibe zur Seite.

»Fahren Sie bis zum Hafen und dann über die Drehbrücke. Halten Sie vor dem Haus beim Leuchtturm.«

Zwischen dem Dorf und dem Hafen war ein etwa ein Kilometer langes Stück Straße, auf das das blasse Licht der Gaslaternen fiel. Vor der Brücke ein erleuchtetes Fenster und Lärm.

»Die Seemannskneipe«, sagte Julie. »Da sind die vom Hafen die meiste Zeit.«

Jenseits der Brücke hörte die Straße eigentlich auf. Sie verlor sich in den Sümpfen, die die Ufer der Orne bilden.

Hier standen nur der Leuchtturm und ein zweistöckiges Haus, umgeben von einem Garten. Das Auto hielt an. Maigret beobachtete den Kapitän, der wie selbstverständlich ausstieg und auf das Tor zuging.

»Haben Sie gesehen, Herr Kommissar?«, sagte

Julie mit vor Freude zitternder Stimme. »Er hat das Haus wiedererkannt! Er wird bestimmt wieder ganz normal werden!«

Und sie steckte den Schlüssel ins Schloss, stieß das quietschende Tor auf und ging auf dem Kiesweg zum Haus. Maigret bezahlte den Fahrer und folgte den beiden dann rasch. Nachdem das Auto abgefahren war, sah man nichts mehr.

»Könnten Sie vielleicht ein Streichholz anzünden? Ich finde das Schloss nicht.«

Eine kleine Flamme. Die Tür wurde aufgestoßen, und etwas Dunkles glitt vorüber, streifte Maigrets Beine. Schon knipste Julie im Hausflur die Lampe an, blickte erstaunt zu Boden und murmelte:

»Das war die Katze, die da gerade hinausgelaufen ist, nicht wahr?«

Während sie das sagte, legte sie Hut und Mantel ab, hängte beides an den Garderobenständer, öffnete die Tür zur Küche, machte dort Licht und wies so unbewusst darauf hin, dass sich in diesem Raum für gewöhnlich die Gäste des Hauses aufhielten.

Eine helle Küche mit gekachelten Wänden, ein großer gescheuerter Holztisch, funkelndes Kupfergeschirr. Der Kapitän setzte sich sofort in seinen Korbsessel beim Ofen.

»Dabei habe ich doch bestimmt wie immer die Katze hinausgelassen, als ich wegfuhr.«

Sie sprach mit sich selbst. Sie war beunruhigt.

»Ja, ganz sicher. Alle Türen waren abgeschlossen. Sagen Sie, Herr Kommissar, würden Sie einmal mit mir durchs Haus gehen? Ich habe Angst.«

Sie hatte solche Angst, dass sie sich kaum traute vorauszugehen. Sie öffnete die Tür zum Esszimmer. Die tadellose Ordnung, die glänzenden Dielen und Möbel zeigten, dass es nie benutzt wurde.

»Sehen Sie bitte einmal hinter die Vorhänge.«

Ein Klavier, Kunstgegenstände aus Chinalack und Porzellanfiguren, die der Kapitän gewiss aus dem Fernen Osten mitgebracht hatte.

Dann das Wohnzimmer, ebenso ordentlich, die Möbel in einem Zustand, als stünden sie noch im Schaufenster des Geschäfts, wo man sie gekauft hatte. Der Kapitän folgte den beiden zufrieden, ja geradezu glücklich. Sie gingen die Treppe hinauf, die mit einem roten Läufer belegt war. Oben gab es drei Schlafzimmer, von denen eines unbenutzt war.

Und alles blitzsauber, überall mustergültige Ordnung, ein milder Geruch von Ländlichkeit und Küchendüften.

Niemand hielt sich versteckt. Die Fenster waren fest geschlossen. Die Tür zum Garten war ebenfalls geschlossen, aber der Schlüssel steckte draußen.

»Die Katze wird durch ein Kellerfenster hereingekommen sein«, sagte Maigret.

»Es gibt keins.«

Sie gingen zurück in die Küche, und Julie öffnete einen Wandschrank.

»Darf ich Ihnen einen Gläschen anbieten?«

Und während sie die winzigen, mit Blumen bemalten Gläser füllte, wurde ihr jäh ihr ganzes Elend bewusst, und sie brach in Tränen aus.

Sie blickte verstohlen zu dem Kapitän hin, der wieder in seinem Sessel saß. Dieser Anblick war ihr so unerträglich, dass sie den Kopf abwandte, und um sich auf andere Gedanken zu bringen, stammelte sie:

»Ich werde Ihnen das Gästezimmer zurechtmachen.«

Wieder schluchzte sie. Sie nahm eine weiße Schürze von einem Haken an der Wand und wischte sich die Augen.

»Ich möchte lieber im Hotel wohnen. Es gibt hier doch ein Hotel, oder?«

Sie sah auf eine kleine Porzellanuhr, eine von denen, die man auf Jahrmärkten gewinnt. Ihr Ticken gehörte zur Atmosphäre dieses Hauses.

»Ja. Da ist bestimmt noch jemand auf. Es ist auf der anderen Seite der Schleuse, gleich hinter der Kneipe, die Sie gesehen haben.«

Dennoch war sie nahe daran, ihn zurückzuhalten. Sie schien sich davor zu fürchten, mit dem Kapitän allein zu bleiben, zu dem sie nicht mehr hinzusehen wagte.

»Glauben Sie wirklich, dass niemand im Haus ist?«

»Sie haben sich ja selbst davon überzeugt.«

»Kommen Sie morgen früh wieder?«

Sie begleitete ihn zur Tür, die sie schnell hinter ihm schloss. Und Maigret stand draußen in so dichtem Nebel, dass er nicht mehr sah, wohin er die Füße setzte. Trotzdem fand er das Tor. Er spürte Gras unter seinen Füßen, dann Kies. Gleichzeitig hörte er ein Geräusch in der Ferne. Es dauerte eine Weile, bis ihm klar wurde, was es war.

Es klang wie das Brüllen einer Kuh, nur trostloser, verzweifelter.

»Dummkopf«, brummte er vor sich hin. »Ist doch bloß das Nebelhorn …«

Er fand sich nur mit Mühe zurecht. Gleich unter seinen Füßen sah er Wasser, das zu dampfen schien. Er stand auf der Schleusenmauer. Irgendwo quietschten Kurbeln. Er erinnerte sich nicht mehr an die Stelle, wo er im Auto das Wasser überquert hatte. Als er einen Steg erblickte, ging er darauf zu.

»Vorsicht!«

Es war unheimlich, denn die Stimme kam aus nächster Nähe. Obwohl er das Gefühl vollständiger Einsamkeit hatte, war drei Meter von ihm entfernt ein Mensch, von dem er, selbst wenn er genau hinblickte, kaum die Umrisse sah.

Er verstand die Warnung sofort. Der Steg

schwankte. Es war das Schleusentor, das man öffnete. Und es wurde noch unheimlicher, denn was da gleich vor ihm auftauchte, das war kein Mensch, sondern eine Wand, hoch wie ein Haus. Und obendrauf sah man vom Nebel gedämpfte Lichter.

Ein Schiff fuhr dicht am Kommissar vorüber. Eine Trosse fiel neben ihm zu Boden, und jemand ergriff sie, trug sie zu einem Poller und machte sie fest.

»Zurück! Vorsicht!«, rief eine Stimme oben auf der Kommandobrücke.

Noch vor einigen Sekunden hatte alles tot und verlassen gewirkt, doch jetzt, da Maigret an der Schleuse entlangging, bemerkte er die vielen menschlichen Gestalten im Nebel. Jemand drehte eine Kurbel. Ein anderer kam mit einer zweiten Trosse angelaufen. Zöllner warteten darauf, dass der Steg ausgelegt wurde, damit sie an Bord gehen konnten.

All das, ohne wirklich etwas zu sehen, in dieser feuchten Wolke, die nasse Perlen auf den Bärten der Männer hinterließ.

»Wollen Sie hinüber?«

Die Stimme kam aus nächster Nähe.

Ein weiteres Schleusentor.

»Machen Sie schnell, sonst müssen Sie eine Viertelstunde warten …«

Sich am Geländer festhaltend, ging er hinüber,

hörte das Wasser unter seinen Füßen brodeln und in der Ferne noch immer das Heulen des Nebelhorns. Je weiter er ging, desto mehr füllte sich diese Nebelwelt mit wimmelndem, geheimnisvollem Leben. Ein Lichtpunkt zog ihn an. Er ging darauf zu, und da sah er einen Fischer in einem am Quai festgemachten Boot, der ein an Stangen befestigtes großes Netz ins Wasser hinabließ und wieder herauszog.

Der Fischer bedachte ihn mit einem gleichgültigen Blick und begann kleine Fische zu verlesen, die er in einen Korb warf.

Rings um das Schiff wurde der Nebel heller, sodass man nun sehen konnte, was dort vor sich ging. Auf Deck sprach man Englisch. Ein Mann mit Offiziersmütze stand am Rand des Quais und prüfte Papiere.

Der Hafenmeister! Die Vertretung von Kapitän Joris.

Auch er war klein, aber magerer und behänder, und er scherzte mit den Schiffsoffizieren.

Die Welt war bloß nicht mehr als ein wenige Quadratmeter großer heller Fleck in einem gewaltigen schwarzen Loch aus Land und Wasser. Vorne links rauschte leise das Meer.

War nicht an so einem Abend Joris verschwunden? Er prüfte Papiere wie sein Kollege. Scherzte wohl auch. Er überwachte die Durchschleusung, die Manöver. Er brauchte nicht hinzusehen. Einige vertraute Geräusche genügten ihm. So wie jeder hier seinen Weg kannte, ohne etwas zu sehen.

Maigret, der sich eine Pfeife angesteckt hatte, runzelte die Stirn. Er ärgerte sich über seine eigene Hilflosigkeit.

Die Schleusentore öffneten sich. Das Schiff fuhr in den Kanal ein, der nur etwas schmaler war als die Seine in Paris.

»Verzeihung, sind Sie der Hafenmeister? ... Kommissar Maigret von der Kriminalpolizei. Ich habe soeben Ihren Kollegen zurückgebracht.«

»Joris ist hier? Es stimmt also? Man hat mir heute Morgen davon berichtet. Aber ist es wahr, dass er ...«

Er tippte sich an die Stirn.

»Im Augenblick ja. Verbringen Sie die ganze Nacht im Hafen?«

»Nie länger als fünf Stunden am Stück. Die Flut dauert fünf Stunden, und dann haben die Schiffe genug Wasser, um in den Kanal einzufahren oder hinaus aufs Meer ... Die Uhrzeit ist jeden Tag anders. Heute haben wir gerade begonnen. Bis drei Uhr morgens werden wir zu tun haben.«

Ein zugänglicher Mann. Er behandelte Maigret als Kollegen. Schließlich war er selbst Beamter!

»Erlauben Sie?«

Er blickte zum Meer hin, wo man nichts sah. Und trotzdem sagte er:

»Ein Segelschiff aus Boulogne wartet bei der Mole darauf, dass die Schleuse geöffnet wird.«

»Werden Ihnen die Schiffe gemeldet?«

»Meistens. Vor allem die Dampfer. Die verkehren fast alle regelmäßig, kommen mit Kohle aus England und fahren mit Erz aus Caen zurück.«

»Wie wäre es, wenn wir etwas trinken gehen?«, fragte Maigret.

»Bis zum Ende der Flut muss ich hierbleiben.«

Und er rief unsichtbaren Männern, von denen er genau wusste, wo sie sich befanden, Befehle zu.

»Sind Sie mit einer Untersuchung betraut?«

Schritte vom Dorf her. Ein Mann überquerte eins der Schleusentore, und als der Schein einer der Lampen auf ihn fiel, sah man den Lauf eines Gewehrs.

»Wer ist das?«

»Der Bürgermeister. Er geht auf Entenjagd. Er hat eine Hütte an der Orne. Sein Gehilfe ist wohl schon da, um alles für die Nacht vorzubereiten.«

»Glauben Sie, dass das Hotel noch offen ist?«

»Das Univers. Ja, bestimmt. Aber beeilen Sie sich … Der Wirt wird mit seinem Kartenspiel bald fertig sein und schlafen gehen … Und wenn er erst mal im Bett liegt, steht er um keinen Preis der Welt wieder auf …«

»Bis morgen«, sagte Maigret.

»Ja, ab zehn, bei der nächsten Flut, bin ich wieder am Hafen.«

Sie gaben sich die Hand, obwohl sie sich nicht näher kannten. Und das Leben in diesem Nebel, in dem man plötzlich gegen jemanden stieß, den man nicht gesehen hatte, ging weiter.

Unheimlich war es eigentlich nicht, vielmehr wurde man von einem vagen, bedrückenden Gefühl der Unruhe, der Angst erfasst in dieser unbekannten Welt, zu der man nicht gehörte und die ihren eigenen Regeln folgte.

Unsichtbare Menschen bevölkerten die Finsternis. Zum Beispiel dieser Segler, der ganz in der Nähe darauf wartete, dass die Reihe an ihm war.

Maigret kam wieder an dem Fischer vorbei, der reglos unter seiner Laterne hockte. Er wollte irgendetwas sagen.

»Und? Beißen sie an?«

Aber der andere spuckte nur ins Wasser, und Maigret ging weiter, verärgert über seine dumme Bemerkung.

Bevor er das Hotel betrat, hörte er noch, wie die Läden im ersten Stock von Kapitän Joris' Haus geschlossen wurden.

Julie, die Angst hatte! Die Katze, die in dem Augenblick aus dem Haus geschlüpft war, als sie hineingegangen waren.

»Wird das Nebelhorn die ganze Nacht heulen?«, brummte Maigret nervös, als er vor dem Wirt des Hotels stand.

»Solange der Nebel dauert … Aber man gewöhnt sich daran …«

Er schlief unruhig, so, wie wenn einem etwas schwer im Magen liegt oder wenn man als Kind auf ein großes Ereignis wartet. Zweimal stand er auf, presste das Gesicht an die kalte Scheibe, sah aber nichts als die menschenleere Straße und den sich drehenden Strahl des Leuchtturms, der eine Wolke durchbohren zu wollen schien. Und immer wieder hörte er das Heulen des Nebelhorns, jetzt noch lauter und aggressiver.

Beim zweiten Aufstehen sah er auf die Uhr. Es war vier, und Fischer mit einem Korb auf dem Rücken gingen mit laut klappernden Holzpantinen zum Hafen.

Fast unmittelbar darauf klopfte es heftig an seine Tür. Noch ehe er »Herein« rufen konnte, öffnete sie sich, und er sah das bestürzte Gesicht des Wirts.

Es musste viel Zeit vergangen sein, denn durch das Fenster schien die Sonne herein. Noch immer aber mahnte das Nebelhorn.

»Schnell! Der Kapitän liegt im Sterben …«

»Was für ein Kapitän?«

»Kapitän Joris. Julie war eben am Hafen und hat gebeten, Sie zu benachrichtigen und einen Arzt zu holen.«

Maigret, dessen Haar ganz zerzaust war, streifte

schon seine Hose über, zog seine Schuhe an, ohne sie zuzubinden, und warf sich die Jacke über die Schultern. Den Kragen vergaß er anzulegen.

»Wollen Sie nichts zu sich nehmen, ehe Sie gehen? Eine Tasse Kaffee? Ein Glas Rum?«

Nein, dafür hatte er keine Zeit. Obwohl die Sonne schien, war es draußen recht frisch. Die Straße war noch feucht vom Tau.

Als er die Schleuse überquerte, sah der Kommissar das blassblaue glatte Meer, aber es war nur ein winziger Streifen, denn weiter draußen verhüllte ein dichter Nebelschleier den Horizont.

Auf der Brücke rief ihm jemand zu:

»Sind Sie der Kommissar aus Paris? Ich bin hier der Dorfpolizist … Freut mich … Sie wissen schon Bescheid?«

»Was?«

»Es muss furchtbar sein! Ach, da kommt schon der Wagen vom Arzt.«

Im Außenhafen schaukelten Fischerboote, rot und grün spiegelten sie sich im Wasser. Die Segel mit den schwarzen Nummern waren gehisst, vermutlich zum Trocknen.

Zwei oder drei Frauen standen vor dem kleinen Haus des Kapitäns neben dem Leuchtturm. Die Tür stand offen. Das Auto des Arztes fuhr an Maigret und dem Dorfpolizisten vorüber, der sich an ihn hängte.

»Man spricht von Vergiftung … Er soll ganz grün aussehen.«

Als Maigret das Haus betrat, kam Julie gerade die Treppe herunter, weinend, mit geschwollenen Lidern, geröteten Wangen. Man hatte sie aus dem Zimmer hinausgeschickt, wo der Arzt den Sterbenden untersuchte.

Unter dem Mantel, den sie sich hastig übergeworfen hatte, trug sie noch ihr weißes Nachthemd, und ihre bloßen Füße steckten in Pantoffeln.

»Es ist entsetzlich, Herr Kommissar! Sie können sich nicht vorstellen, wie entsetzlich! Gehen Sie schnell hinauf. Vielleicht …«

Maigret ging in das Schlafzimmer. Der Arzt richtete sich gerade wieder auf. Sein Gesicht sagte deutlich, dass es keine Rettung mehr gab.

»Polizei …«

»Ah, gut … Es geht zu Ende … Vielleicht noch zwei, drei Minuten … Wenn ich mich nicht sehr täusche, ist er mit Strychnin vergiftet worden.«

Er öffnete das Fenster, weil der Sterbende, der mit offenem Mund dalag, kaum noch Luft bekam. Und wieder sah man – wie ein unwirkliches Bild – die Sonne, den Hafen, Boote mit schlaffen Segeln und Fischer, die glänzende Fische aus ihren Körben in Kisten kippten.

Vor diesem Hintergrund wirkte Joris' Gesicht noch gelber oder grüner. Die Farbe war schwer zu bestimmen, neutral, nicht das, was man sich unter Hautfarbe vorstellt.

Seine Glieder verkrampften sich, zuckten, sein Gesicht aber blieb ruhig, sein Blick auf die Wand gegenüber gerichtet.

Der Arzt hielt eins seiner Handgelenke, verfolgte das Schwächerwerden des Pulses. Nach einer Weile erkannte Maigret an dessen Gesichtsausdruck:

»Es ist so weit …«

Und da geschah etwas Unerwartetes und Rührendes. Man konnte nicht sagen, ob der Unglückliche wieder bei Verstand war. Man sah nur ein starres Gesicht.

Aber plötzlich belebte es sich. Die Züge entspannten sich wie bei einem Kind, das gleich in Tränen ausbricht. Der schmerzliche Ausdruck eines sehr unglücklichen Menschen, der nicht mehr kann.

Und zwei dicke Tränen rannen ihm über die Wangen, suchten sich ihren Weg.

Fast im selben Augenblick sagte der Arzt mit leiser Stimme:

»Es ist vorbei.«

Unglaublich, dass es genau in dem Augenblick zu Ende war, als Joris zwei Tränen vergoss.

Und während die Tränen noch lebten, zu den Ohren hin liefen, war der Kapitän bereits gestorben.

Man hörte Schritte auf der Treppe. Unten

schluchzte Julie, umringt von Frauen. Maigret ging auf den Treppenabsatz und sagte langsam und deutlich:

»Niemand darf das Schlafzimmer betreten.«

»Ist er …«

»Ja«, sagte er nur.

Er kehrte in das sonnige Zimmer zurück, wo der Arzt, um nichts unversucht zu lassen, eine Spritze vorbereitete, um Joris eine Injektion ins Herz zu geben.

Auf der Gartenmauer saß eine schneeweiße Katze.

2

Der Nachlass

Von unten, vermutlich aus der Küche, hörte man Julies schrille Schreie. Sie schlug um sich.

Durch das immer noch weit geöffnete Fenster sah Maigret Leute vom Dorf kommen, einige gingen, andere rannten. Kinder auf Rädern, Frauen mit einem Säugling auf dem Arm, Männer in Holzpantinen. Es war ein kleiner ungeordneter Zug, der die Brücke erreichte und überquerte, sich auf das Haus des Kapitäns zubewegte, genauso wie er durch das Erscheinen eines Wanderzirkus oder einen Autounfall angelockt worden wäre.

Das Gemurmel draußen wurde bald so laut, dass Maigret das Fenster schloss, dessen Musselingardinen das Sonnenlicht dämpften. Die Atmosphäre im Raum wurde friedlicher, diskreter. Die Tapete war rosa, die polierten hellen Möbel glänzten. Eine Vase mit Blumen stand auf dem Kamin.

Der Kommissar beobachtete den Arzt, der ein Glas und eine Karaffe vom Nachttisch nahm und gegen das Licht hielt. Er tauchte sogar einen Finger ins Wasser und benetzte seine Zungenspitze.

»Und? Ist es das?«

»Ja. Der Kapitän muss die Gewohnheit gehabt haben, nachts zu trinken. Soweit ich das beurteilen kann, hat er es diesmal gegen drei Uhr morgens getan. Aber ich verstehe nicht, warum er nicht gerufen hat.«

»Aus dem einfachen Grund, weil er nicht sprechen, nicht den kleinsten Laut von sich geben konnte«, murmelte Maigret.

Er rief den Dorfpolizisten und beauftragte ihn, den Bürgermeister und die Staatsanwaltschaft in Caen zu benachrichtigen. Unten war immer noch ein reges Kommen und Gehen. Draußen auf der Straße, die nirgendwohin führte, standen Leute aus der Gegend in Gruppen beisammen. Einige hatten sich ins Gras gesetzt.

Die Flut stieg und überspülte schon die Sandbänke, die sich vor dem Hafeneingang erstreckten. Rauch am Horizont. Ein Schiff, das darauf wartete, in die Schleuse einzufahren.

»Haben Sie eine Idee, wer …«, begann der Arzt, verstummte aber, als er sah, dass Maigret beschäftigt war.

Zwischen den beiden Fenstern stand ein Mahagonisekretär, den der Kommissar geöffnet hatte. Und mit der eigensinnigen Miene, die er in solchen Situationen immer aufsetzte, untersuchte er den Inhalt der Schubladen. Wenn man ihn so sah, glich er einem Ungeheuer. Er hatte seine dicke Pfeife angesteckt, die er bedächtig rauchte, und seine kräftigen Finger betasteten ohne den geringsten Respekt die Dinge, die sie fanden.

Fotos zum Beispiel. Es waren Dutzende. Viele Bilder von Freunden, fast alle in Marineuniform, fast alle im selben Alter wie Joris. Offenbar war der Kapitän mit seinen Schulkameraden aus Brest in Kontakt geblieben. Sie schrieben ihm aus allen Ecken der Welt. Nichtssagende Postkarten, ganz gleich, ob sie aus Saigon kamen oder aus Santiago.

Herzliche Grüße von Henry.

Oder:

Endlich die dritte Litze! Gruß, Eugène.

Die meisten Karten waren an *Kapitän Joris an Bord der Diana, Compagnie Anglo-Normande, Caen* adressiert.

»Kannten Sie den Kapitän schon lange?«, fragte Maigret den Arzt.

»Ein paar Monate. Seit er im Hafen war. Vorher fuhr er auf einem der Schiffe des Bürgermeisters zur See, das er achtundzwanzig Jahre lang befehligt hat.«

»Ein Schiff des Bürgermeisters?«

»Ja. Ernest Grandmaison. Direktor der Compagnie Anglo-Normande und sozusagen alleiniger Besitzer der elf Dampfer der Gesellschaft.«

Noch ein Foto. Joris selbst, im Alter von vielleicht fünfundvierzig Jahren, schon damals stämmig, breites Gesicht, lächelnd, aber trotzdem ein wenig verschlossen. Ein echter Bretone.

Schließlich in einer Leinentasche Diplome, vom Abschlusszeugnis der Schule bis zum Kapitänspatent der Handelsmarine, amtliche Papiere, Geburtsurkunde, Militärpass, Reisepass …

Ein Umschlag fiel zu Boden, und Maigret hob ihn auf. Das Papier darin war schon vergilbt.

»Ein Testament?«, fragte der Arzt, der bis zum Eintreffen der Staatsanwaltschaft nichts mehr zu tun hatte.

Im Haus von Kapitän Joris musste man sich vertraut haben, denn der Umschlag war nicht einmal zugeklebt. Ein mit einer schönen Handschrift bedeckter Bogen steckte darin:

Ich, Unterzeichneter, Yves-Antoine Joris, geboren in Paimpol, von Beruf Seefahrer, vermache meine bewegliche und unbewegliche Habe meiner Wirtschafterin Julie Legrand zum Dank für jahrelange treue Dienste.

Mit folgenden Einschränkungen:

Mein Boot geht an Kapitän Delcourt, das chinesische Porzellanservice an seine Frau, mein Stock mit den Elfenbeinverzierungen an …

Kaum einer von denen, die zur wimmelnden kleinen Welt des Hafens gehörten, die Maigret im nächtlichen Nebel erlebt hatte, war vergessen worden. Selbst der Schleusenmeister erhielt ein Fischernetz, *jenes, das sich im Wagenschuppen befindet*, wie es im Testament hieß.

In diesem Augenblick hörte man laute Geräusche. Julie hatte sich die Unachtsamkeit der Frauen, die ihr zur Stärkung einen Grog bereiteten, zunutze gemacht und war die Treppe hinaufgeeilt. Sie öffnete die Tür, warf irre Blicke um sich, stürzte zum Bett, hielt dann aber aus Respekt vor der Majestät des Todes verängstigt inne.

»Ist er …«

Sie warf sich auf den Teppich und stieß kaum verständliche Worte aus:

»Das kann nicht sein … Mein armer Herr … Mein … mein …«

Maigret half ihr, wieder aufzustehen, und zog sie, die sich verzweifelt wehrte, nach nebenan, in ihr Schlafzimmer. Es war nicht aufgeräumt. Auf dem Bett lagen Kleidungsstücke, und in der Waschschüssel war schmutziges Wasser.

»Wer hat die Karaffe auf dem Nachttisch gefüllt?«

»Ich … Gestern Morgen … Als ich dem Kapitän Blumen ins Zimmer gestellt habe.«

»Waren Sie allein im Haus?«

Julie keuchte, konnte sich nur langsam wieder

fassen, wunderte sich aber zugleich über Maigrets Fragen.

»Was glauben Sie denn eigentlich?«, schrie sie plötzlich.

»Ich glaube gar nichts. Beruhigen Sie sich. Ich habe soeben das Testament von Joris gelesen.«

»Ja, und?«

»Sie erben seinen ganzen Besitz. Sie sind reich.«

Die einzige Wirkung dieser Worte war, dass sie von Neuem in Tränen ausbrach.

»Der Kapitän ist vergiftet worden, mit dem Wasser aus der Karaffe.«

Ihre Augen funkelten vor Verachtung. Sie brüllte:

»Was wollen Sie damit sagen? Was wollen Sie damit sagen?«

Sie war derart außer sich, dass sie seinen Unterarm packte und ihn wie wild schüttelte. Fast hätte sie ihn gekratzt und geschlagen.

»Sachte. Beruhigen Sie sich. Die Untersuchung fängt erst an. Ich unterstelle Ihnen nichts. Ich informiere mich nur.«

Es klopfte an der Tür. Der Dorfpolizist.

»Die Vertreter der Staatsanwaltschaft sind erst am frühen Nachmittag da. Der Herr Bürgermeister, der erst heute Morgen von der Jagd zurückgekommen ist, lag noch im Bett. Sobald er sich angezogen hat, kommt er.«

Alle waren angespannt. Und die Menge draußen,

die wartete, ohne zu wissen, worauf, verstärkte noch den Eindruck von Nervosität und Verwirrung.

»Gedenken Sie hierzubleiben?«, fragte Maigret das Mädchen.

»Warum nicht? Wohin sollte ich gehen?«

Maigret bat den Arzt, das Zimmer des Toten zu verlassen, und schloss die Tür ab. Julie ließ er in der Obhut von zwei Frauen, der Frau des Leuchtturmwärters und der des Schleusenmeisters.

»Niemand darf das Haus betreten«, sagte er zum Dorfpolizisten. »Verscheuchen Sie notfalls die Schaulustigen.«

Er selbst ging durch die Gruppe hindurch zur Brücke. Das Nebelhorn heulte immer noch in der Ferne, aber man hörte es kaum, da der Wind vom Land kam. Es war sehr mild. Von Stunde zu Stunde wurde die Sonne kräftiger. Das Meer stieg.

Schon kamen zwei der Schleusenarbeiter aus dem Dorf und nahmen den Dienst auf. Auf der Brücke begegnete Maigret Kapitän Delcourt, mit dem er am Vorabend gesprochen hatte.

»Stimmt es wirklich?«, fragte Delcourt.

»Ja, Joris ist vergiftet worden.«

»Von wem?«

Die Menge begann sich vom Haus des Kapitäns zu entfernen. Der Dorfpolizist ging gestikulierend von einer Gruppe zur anderen, wobei er Gott weiß was erzählte. Alle beobachteten jetzt den Kommissar. Ihr ganzes Interesse richtete sich auf ihn.

»Ist es schon so weit mit der Flut?«

»Noch nicht. Das Wasser muss noch drei Fuß steigen. Der Dampfer, den Sie dort in der Reede verankert sehen, wartet schon seit sechs Uhr morgens.«

Andere Leute trafen ein: ein Zöllner, der Schleusenmeister, der Fischereiaufseher und der Chef der Küstenwache, aber sie zögerten, sich den beiden Männern zu nähern. Die einfachen Hafenarbeiter nahmen ihr Tagwerk auf.

All jene, die Maigret im Nebel nur erahnt hatte, sah er nun im hellen Tageslicht.

Die Seemannskneipe war ganz in der Nähe. Von dort aus konnte man die Schleuse, den Hafen, die Molen, den Leuchtturm und Joris' Haus überblicken.

»Trinken Sie ein Glas mit mir?«, fragte der Kommissar.

Er erriet, dass diese kleine Gemeinschaft sich vor jeder Flut in der Kneipe traf. Der Hafenmeister vergewisserte sich zunächst über den Wasserstand.

»Ich habe noch eine halbe Stunde«, sagte er.

Die beiden betraten die kleine Bretterbude, dann folgten die übrigen Männer, zögerlich, einer nach dem anderen, und Maigret machte ihnen ein Zeichen, sich an seinen Tisch zu setzen.

Man musste das Eis brechen, Vertrauen einflößen, sich gewissermaßen integrieren.

»Was trinken Sie?«

Sie blickten einander an, immer noch verlegen.

»Zu dieser Stunde trinken wir gewöhnlich einen Kaffee mit Rum …«

Eine Frau bediente sie. Die Leute kamen über die Brücke zurück, versuchten in die Kneipe zu spähen, konnten sich noch nicht entschließen, ins Dorf zurückzukehren, und zerstreuten sich im Hafen, um abzuwarten, was weiter geschah.

Nachdem Maigret sich seine Pfeife gestopft hatte, reichte er seinen Tabakbeutel herum. Kapitän Delcourt rauchte lieber eine Zigarette, aber der Schleusenmeister nahm errötend eine Prise Tabak, steckte sie in den Mund und stotterte:

»Gestatten Sie?«

»Eine merkwürdige Tragödie, nicht wahr?«, wagte Maigret schließlich zu sagen.

Alle wussten, dass er recht hatte, trotzdem schwiegen sie stur.

»Kapitän Joris scheint ein anständiger Kerl gewesen zu sein.«

Und er wartete, betrachtete verstohlen die Gesichter.

»Allzu anständig«, erwiderte Delcourt, der ein wenig älter als sein Kollege war, weniger gepflegt wirkte und dem Alkohol nicht abgeneigt schien.

Trotzdem vergaß er nicht, während er sprach, durch die Gardinen hindurch den Wasserstand im Auge zu behalten und das Schiff, das jetzt den Anker lichtete.

»Auf Ihr Wohl … Kurz, niemand weiß, was in der Nacht vom 16. September geschehen ist …«

»Niemand. Es war eine Nebelnacht, wie gestern. Ich hatte keinen Dienst. Trotzdem bin ich bis neun Uhr hier geblieben, um mit Joris und den Freunden, die Sie sehen, eine Partie Karten zu spielen.«

»Trafen Sie sich jeden Abend?«

»Fast jeden Abend … In Ouistreham gibt es kaum Zerstreuungen. An dem Abend hat sich Joris drei- oder viermal beim Spiel vertreten lassen, um bei der Durchschleusung eines Schiffs dabei zu sein. Um halb zehn war die Flut vorbei … Und er ist dann im Nebel fort, so als würde er nach Hause gehen.«

»Wann hat man festgestellt, dass er verschwunden ist?«

»Am nächsten Tag … Julie kam her, um nach ihm zu fragen. Sie war früh eingeschlafen, und am Morgen hat sie sich gewundert, dass er nicht in seinem Zimmer war.«

»Hatte Joris viel getrunken?«

»Er trinkt nie mehr als ein Glas«, sagte der Zöllner, der Lust bekam, sich an der Unterhaltung zu beteiligen. »Und geraucht hat er gar nicht.«

»Ja, und sagen Sie, wie war das mit Julie und ihm?«

Die anderen blickten einander an, zögerten, lächelten.

»Man weiß es nicht … Joris hat geschworen, da sei nichts … Aber …«

Wieder ergriff der Zöllner das Wort:

»Man sagt nichts Schlechtes von ihm, wenn man festhält, dass er anders war als wir. Er war nicht hochnäsig. Nein, das ist nicht der richtige Ausdruck. Aber er hielt auf sich, verstehen Sie? Er wäre nie in Holzpantinen zum Dienst gekommen, wie das Delcourt manchmal macht. Abends spielte er Karten, aber tagsüber kam er nie her. Er duzte die Schleusenarbeiter nicht. Ich weiß nicht, ob Sie verstehen, was ich sagen will.«

Maigret verstand sehr wohl. Er hatte einige Stunden in Joris' sauberem, bürgerlich eingerichtetem, sehr ordentlichem Haus verbracht. Und nun sah er die anderen, die viel einfacher und schlampiger daherkamen. Hier trank man gewiss einen Schnaps nach dem anderen, und dann wurden die Stimmen laut, die Luft stickig, all das hatte etwas Ordinäres.

Joris kam nur her, um Karten zu spielen, sprach nicht über persönliche Angelegenheiten und ging nach einem einzigen Glas.

»Sie ist jetzt schon etwa acht Jahre bei ihm. Sie

war damals sechzehn, ein einfältiges Mädchen vom Lande.«

»Und jetzt …«

Ohne dass man sie gerufen hatte, kam die Kellnerin mit einer Flasche Rum und goss einen kräftigen Schluck in alle Gläser, in denen kaum noch Kaffee war. Auch das schien hier Brauch zu sein.

»Jetzt, nun ja, jetzt ist sie eben so, wie sie ist … Sie tanzt zum Beispiel nicht mehr mit irgendwem, und wenn man sie in den Läden wie ein Dienstmädchen behandelt, regt sie sich auf … Es ist schwer zu erklären. Trotzdem ist ihr Bruder …«

»Ihr Bruder?«

Der Schleusenmeister sah den Zöllner eindringlich an, Maigret fing den Blick auf.

»Der Kommissar wird es sowieso erfahren«, sagte der Mann, der bestimmt schon mehrere Kaffee mit Rum intus hatte. »Ihr Bruder hat acht Jahre im Gefängnis gesessen … Es ist eines Abends in Honfleur passiert, er war betrunken. Sie haben zu mehreren auf der Straße Radau gemacht. Die Polizei griff ein, und da hat er einem Polizisten einen solchen Schlag versetzt, dass der einen Monat darauf daran gestorben ist …«

»Ist er Seemann?«

»Ja, er ist zur See gefahren, ehe er nach Frankreich zurückkam. Jetzt arbeitet er auf einem Schoner aus Paimpol. Die Saint-Michel.«

Kapitän Delcourt wurde immer nervöser.

»Los«, sagte er und stand auf. »Es ist Zeit.«

»Der Dampfer ist ja noch nicht mal in der Schleusenkammer«, seufzte der Zöllner, der es weniger eilig hatte.

Dann waren sie nur noch zu dritt. Maigret machte der Kellnerin ein Zeichen, die daraufhin wieder mit der Rumflasche an den Tisch kam.

»Kommt die Saint-Michel manchmal hier durch?«

»Ja, manchmal.«

»Ist sie am 16. September hier gewesen?«

Der Zöllner nahm seinen Nachbarn zum Zeugen:

»Er wird es ja doch erfahren, wenn er im Fahrtenbuch nachsieht ... Ja, sie war hier ... Sie haben sogar wegen des Nebels im Außenhafen geschlafen und sind erst in der Morgendämmerung weiter.«

»In welche Richtung?«

»Southampton. Ich habe die Papiere geprüft. Sie hatten in Caen Kalkstein geladen.«

»Und seitdem hat man Julies Bruder nicht wieder gesehen?«

Diesmal zögerte der Zöllner, rümpfte die Nase, leerte sein Glas.

»Das müssen Sie die fragen, die behaupten, sie hätten ihn gestern gesehen. Ich habe ihn nicht gesehen.«

»Gestern?«

Ein Schulterzucken. Man sah einen riesigen

Dampfer zwischen den Schleusenmauern hindurchgleiten, eine schwarze Masse, die alles überragte, der Schornstein höher als die Bäume am Kanal.

»Ich muss jetzt.«

»Ich auch.«

»Wie viel macht das, Mademoiselle?«, fragte Maigret.

»Sie kommen ja gewiss noch mal her. Die Wirtin ist grad nicht da …«

Die Leute, die immer noch darauf warteten, dass sich etwas in der Nähe des Hauses des Kapitäns ereignete, sahen der Durchfahrt des englischen Dampfers zu. Maigret verließ die Kneipe. Im selben Augenblick kam ein Mann vorbei, und der Kommissar erkannte sofort, dass es der Bürgermeister war, den er bislang nur einmal bei Dunkelheit gesehen hatte.

Er war sehr groß und dick, zwischen fünfundvierzig und fünfzig Jahre alt und hatte ein rotes Gesicht. Er trug einen grauen Jagdanzug und Ledergamaschen. Maigret ging auf ihn zu.

»Monsieur Grandmaison? … Kommissar Maigret von der Kriminalpolizei …«

»Sehr erfreut«, sagte der andere mechanisch.

Und er betrachtete die Kneipe und dann Maigret und dann wieder die Kneipe, als wollte er sagen:

»Wie kann ein hoher Beamter ein solches Lokal besuchen!«

Er ging weiter Richtung Schleuse, die man überqueren musste, um Joris' Haus zu erreichen.

»Offenbar ist Joris tot.«

»Ja, offenbar«, erwiderte Maigret, dem die Haltung des Mannes nicht gefiel.

Es war die Haltung eines Großkopfeten, der sich für den Mittelpunkt der Welt hält, sich als Landedelmann kleidet und sich für die Demokratie aufopfert, indem er zerstreut Hände drückt, den Leuten aus der Gegend vage zuwinkt und sich gelegentlich nach dem Ergehen ihrer Kinder erkundigt.

»Haben Sie den Mörder? Sie haben ja schließlich Joris hergebracht und ... Gestatten Sie?«

Und er ging auf den Fischereiaufseher zu, der ihm wohl bei der Entenjagd zur Hand ging, denn er sagte zu ihm:

»Das Schilf links muss wieder aufgerichtet werden. Einer der Lockvögel taugt gar nichts. Heute Morgen war er halb tot.«

»Ich kümmere mich darum, Herr Bürgermeister.«

Er kam zu Maigret zurück, nachdem er dem Hafenmeister die Hand gedrückt und gemurmelt hatte:

»Wie geht's?«

»Danke, gut, Herr Bürgermeister.«

»Wo waren wir stehen geblieben, Kommissar? Ist irgendetwas Wahres dran an diesen Geschichten über einen gespaltenen Schädel, von Wahnsinn und ich weiß nicht, was sonst noch?«

»Haben Sie Kapitän Joris sehr geschätzt?«

»Er war achtundzwanzig Jahre lang mein Angestellter. Ein anständiger Mann, sehr gewissenhaft.«

»Ehrlich?«

»Das sind sie fast alle.«

»Wie viel hat er verdient?«

»Mal so, mal so, wegen des Kriegs, der hat ja alles durcheinandergebracht ... Aber doch so viel, dass er sich ein kleines Haus leisten konnte. Ich wette, er hatte mindestens zwanzigtausend Franc auf der Bank.«

»Mehr nicht?«

»Nun, vielleicht noch fünftausend dazu.«

Man öffnete das Schleusentor, und der Dampfer fuhr in den Kanal ein, während ein anderer, der von Caen kam, seinen Platz einnahm, um später hinaus aufs offene Meer zu fahren.

Immer noch herrschte Windstille. Die Leute beobachteten die beiden Männer. Die englischen Matrosen wiederum betrachteten die Menge, während sie das Manöver überwachten.

»Was halten Sie von Julie Legrand, Herr Bürgermeister?«

Monsieur Grandmaison zögerte und murmelte dann:

»Eine dumme Gans, der zu Kopf gestiegen ist,

dass Joris sie so rücksichtsvoll behandelt hat. Sie hält sich für ... Ich weiß nicht ... Sie hält sich jedenfalls für etwas Besseres.«

»Und ihr Bruder?«

»Den habe ich nie gesehen. Allerdings hat man mir gesagt, er sei ein Lump.«

Die Schleuse hinter sich lassend, erreichten sie das Gartentor des Hauses, vor dem immer noch ein paar Jungs spielten, die auf ein interessantes Schauspiel warteten.

»Woran ist er gestorben?«

»Strychnin.«

Maigret ging langsam weiter, Hände in den Taschen, Pfeife im Mund.

Die weiße Katze, die ausgestreckt auf der sonnenwarmen Mauer lag, stob mit einem Satz davon, als die beiden sich näherten.

»Gehen Sie nicht hinein?«, fragte der Bürgermeister erstaunt, als Maigret stehen blieb.

»Einen Moment! Denken Sie, Julie war die Geliebte des Kapitäns?«

»Darüber weiß ich nichts«, murmelte Monsieur Grandmaison nervös.

»Waren Sie oft in dem Haus?«

»Nie. Joris war einer meiner Angestellten, und darum ...«

Sein Lächeln sollte das eines großen Herrn sein.

»Wenn es Ihnen nichts ausmacht, würde ich die

Sache gern rasch erledigen. Ich erwarte Gäste zum Mittagessen.«

»Sind Sie verheiratet?«

Monsieur Grandmaison musterte ihn von Kopf bis Fuß. Dem Kommissar fiel auf, dass er zwar nicht schielte, aber doch einen etwas schiefen Blick hatte.

»Ich möchte Ihnen sagen, wenn Sie weiter in diesem Ton sprechen, wird Sie das teuer zu stehen kommen. Zeigen Sie mir, was Sie mir zu zeigen haben …«

Er hatte selbst das Tor aufgestoßen. Er ging über den Kies zur Haustür. Der Dorfpolizist, der dort Wache stand, trat beflissen zur Seite.

Die Küche hatte eine Glastür. Maigret sah sofort, dass etwas nicht stimmte: Die beiden Frauen waren zwar dort, aber nicht Julie.

Er ging hinein und fragte:

»Wo ist sie?«

»Rauf in ihr Zimmer. Sie hat sich eingeschlossen und wollte nicht wieder runterkommen.«

»Hat sie sich plötzlich dazu entschlossen?«

Die Frau des Leuchtturmwärters erklärte:

»Es ging ihr wieder besser. Sie weinte zwar noch, aber leise. Ich habe ihr gesagt, sie soll etwas essen, und sie hat den Wandschrank geöffnet …«

»Und?«

»Ich weiß nicht. Sie wirkte erschreckt … Sie ist

zur Treppe gestürzt, und wir haben gehört, wie sie ihre Zimmertür abschloss.«

In dem Schrank waren nur Geschirr, ein Korb mit ein paar Äpfeln, eine Schüssel mit eingelegtem Hering und zwei fettige Platten, auf denen wohl Fleisch gelegen hatte.

»Wie lange soll ich noch warten?«, drängte der Bürgermeister, der im Flur geblieben war. »Es ist schon halb zwölf … Ich nehme an, das Tun und Lassen dieses Mädchens …«

Maigret schloss den Wandschrank ab, steckte den Schlüssel in seine Tasche und ging mit wuchtigen Schritten zur Treppe.

3

Der Vorratsschrank

Machen Sie auf, Julie!«

Keine Antwort. Nur das Geräusch eines Körpers, der sich auf dem Bett wälzte.

»Machen Sie auf!«

Wieder keine Antwort. Darauf stieß Maigret heftig mit der Schulter gegen die Türfüllung, und die Schrauben, die das Schloss hielten, sprangen heraus.

»Warum haben Sie nicht geöffnet?«

Sie weinte nicht. Sie war nicht erregt. Im Gegenteil, sie lag zusammengerollt im Bett und starrte vor sich hin. Als der Kommissar ans Bett trat, sprang sie auf und lief zur Tür.

»Lassen Sie mich!«, rief sie.

»Dann geben Sie mir den Brief, Julie.«

»Was für einen Brief?«

Sie war aggressiv, glaubte, so besser verbergen zu können, dass sie log.

»Erlaubte der Kapitän, dass Ihr Bruder Sie aufsuchte?«

Keine Antwort.

»Er erlaubte es also nicht! Aber Ihr Bruder kam

trotzdem! Er soll in der Nacht, in der Joris verschwand, hier gewesen sein …«

Ein harter, fast gehässiger Blick.

»Die Saint-Michel war im Hafen. Es war also nur natürlich, dass er Sie besuchte. Eine Frage … Wenn er vorbeikommt, dann isst er etwas, nicht wahr?«

»Sie Scheusal«, murmelte sie, während er fortfuhr:

»Er ist hier gewesen, als Sie in Paris waren. Er hat Sie nicht angetroffen und hat Ihnen einen Brief hinterlassen. Um sicher zu sein, dass Sie ihn finden und niemand anders, hat er ihn in den Wandschrank gelegt … Geben Sie ihn mir.«

»Ich hab ihn nicht mehr.«

Maigret betrachtete den leeren Kamin und das geschlossene Fenster.

»Geben Sie ihn mir.«

Sie war bockig, wie ein wütendes Kind. So bockig, dass der Kommissar fast liebevoll brummte:

»Dummes Ding.«

Der Brief war unter dem Kopfkissen, auf dem Julie eben noch gelegen hatte. Aber statt die Waffen zu strecken, griff das starrsinnige Dienstmädchen von Neuem an, versuchte dem Kommissar, den ihr Zorn amüsierte, den Brief aus den Händen zu reißen.

»Das reicht!«, sagte er in drohendem Ton, ihre Hände festhaltend.

Und er las die von Fehlern wimmelnden hingekrakelten Zeilen:

Wenn Du mit Deinem Chef zurückkehrst, dann pass gut auf ihn auf, denn es gibt schlechte Leute, die ihm Böses wollen. Ich werde in ein, zwei Tagen mit dem Schiff zurückkommen. Die Koteletts musst Du nicht suchen. Ich habe sie aufgegessen. Dein treuer Bruder.

Maigret senkte den Kopf. Er war so verwirrt, dass er gar nicht mehr auf das Mädchen achtete. Eine Viertelstunde später sagte ihm der Hafenmeister, die Saint-Michel müsse in Fécamp sein, und wenn der Wind weiter aus Nordwest wehe, werde sie in der nächsten Nacht einlaufen.

»Kennen Sie die Position aller Schiffe?«

Und Maigret blickte mit düsterer Miene auf das schimmernde Wasser, auf dem man in der Ferne eine Rauchfahne sah.

»Die Häfen stehen miteinander in Verbindung. Hier ist die Liste der Schiffe, die heute erwartet werden.«

Er zeigte dem Kommissar eine schwarze Tafel an der Wand des Hafenbüros, auf die mit Kreide die Namen geschrieben waren.

»Haben Sie etwas entdeckt? Geben Sie nicht zu viel auf das, was man erzählt … Selbst die seriösen

Leute … Wenn Sie wüssten, wie viele Eifersüchteleien es hier so gibt.«

Und Delcourt winkte dem Kapitän eines abfahrenden Frachters zu und seufzte mit einem Blick zu der Seemannskneipe hin:

»Sie werden sehen.«

Um drei Uhr waren die Vertreter der Staatsanwaltschaft mit ihren Ermittlungen fertig. Etwa zehn Herren kamen aus Joris' Haus, stießen das kleine grüne Gartentor auf und gingen auf die vier Autos zu, die von Neugierigen umringt waren.

»Hier muss es ja Unmengen von Enten geben«, sagte der Assessor zu Monsieur Grandmaison, während er seine Augen durch die Gegend schweifen ließ.

»Dieses Jahr ist schlecht, aber letztes Jahr …«

Er eilte auf den ersten Wagen zu, der gerade startete.

»Sie kommen doch auf einen Moment bei mir vorbei, nicht wahr? Meine Frau erwartet uns …«

Maigret kam als Letzter heraus. In einem Ton, der gerade noch als höflich gelten durfte, wandte sich der Bürgermeister an ihn:

»Steigen Sie ein. Sie sind natürlich auch dabei.«

Nur Julie und die zwei Frauen blieben in dem kleinen Haus von Kapitän Joris zurück, und der Dorfpolizist wartete vor der Tür auf den Leichenwagen, der den Toten nach Caen bringen würde.

Schon im Wagen war es wie bei manchen Rückfahrten von einer Beerdigung, die für lebenslustige Menschen aufs Heiterste enden. Während Maigret unbequem auf dem Klappsitz saß, erklärte der Bürgermeister dem Assessor:

»Wenn es nur von mir abhinge, würde ich das ganze Jahr hier leben. Aber meine Frau liebt das Landleben nicht sonderlich, und deshalb sind wir meist in unserem Haus in Caen ... Sie ist gerade aus Juan-les-Pins zurück, wo sie einen Monat mit den Kindern war ...«

»Wie alt ist Ihr Ältester jetzt?«

»Fünfzehn.«

Die Leute von der Schleuse sahen dem Wagen hinterher. Kaum auf der Straße nach Lion-sur-Mer, tauchte auch schon die Villa des Bürgermeisters auf, ein imposantes normannisches Gebäude mit weiß eingezäunten Rasenflächen, auf denen man hier und dort Porzellantiere sah.

In der Diele empfing Madame Grandmaison in dunklem Seidenkleid ihre Gäste mit dem sehr reservierten Lächeln der Dame von Welt. Die Tür zum Salon stand offen. Auf dem Rauchtisch waren Zigarren und Liköre bereitgestellt.

Alle kannten sich aus Caen. Ein Mädchen in weißer Schürze nahm den Gästen Mäntel und Hüte ab.

»Sind Sie wirklich noch nie in Ouistreham gewesen, Herr Richter, wo Sie schon so viele Jahre in Caen wohnen?«

»Zwölf Jahre, Madame ... Ah, da ist ja Mademoiselle Gisèle ...«

Ein Mädchen von vierzehn Jahren mit dem Auftreten einer jungen Dame, ganz die bessere Bürgerstochter. Sie verneigte sich vor den Gästen. Derweil vergaß man, Maigret die Hausherrin vorzustellen.

»Ich vermute, nach dem, was Sie eben gesehen haben, nehmen Sie lieber einen Likör als eine Tasse Tee ... Ein kleiner Cognac, Herr Assessor? Ihre Gattin ist noch in Fontainebleau?«

Alle sprachen durcheinander. Maigret schnappte nur Satzfetzen auf.

»Nein ... Zehn Enten in einer Nacht, das ist das Maximum ... Ich schwöre Ihnen, man friert nicht ein bisschen dabei. Die Hütte ist geheizt ...«

Und anderswo:

»Leiden Sie sehr unter der Frachtkostenkrise?«

»Das hängt von den Gesellschaften ab. Hier spürt man sie kaum. Kein Schiff ist abgetakelt worden, aber die kleinen Reeder, vor allem jene, die nur kleine Küstenschiffe besitzen, bekommen es allmählich zu spüren ... Man kann sagen, im Prinzip sind alle Schoner zu verkaufen, denn sie bringen nicht mehr die Kosten ein ...«

»Nein, Madame«, murmelte der Assessor, »kein

Grund zur Aufregung. Das Rätsel um diesen Todesfall, so es denn überhaupt eines gibt, wird schnell gelöst sein. Nicht wahr, Herr Kommissar? Aber … Hat man Sie schon vorgestellt? Kommissar Maigret, einer der bedeutendsten Pariser Kriminalbeamten.«

Maigret machte ein wenig liebenswürdiges Gesicht. Die junge Gisèle, die ihm lächelnd einen Teller mit Petits Fours reichte, musterte er mit seltsamem Blick.

»Danke.«

»Wirklich? Mögen Sie nichts Süßes?«

»Auf Ihr Wohl!«

»Auf das Wohl unserer reizenden Gastgeberin!«

Der Untersuchungsrichter, ein großer Dürrer um die fünfzig, der trotz dicker Brillengläser kaum etwas sah, nahm Maigret beiseite.

»Natürlich haben Sie vollkommen freie Hand. Aber rufen Sie mich jeden Abend an, um mich auf dem Laufenden zu halten. Wie beurteilen Sie den Fall? Fürchterlich, nicht wahr?«

Und als Monsieur Grandmaison zu ihnen trat, fuhr er lauter fort:

»Sie haben übrigens Glück, in Ouistreham einen Bürgermeister zu finden, der Ihnen Ihre Arbeit erleichtern wird. Nicht wahr, lieber Freund? Ich sagte gerade zum Kommissar …«

»Wenn er es wünscht, kann er mein Haus als

das seine betrachten. Sie wohnen vermutlich im Hotel?«

»Ja. Ich danke für die Einladung, aber dort bin ich dem Hafen näher …«

»Und Sie glauben, dass Sie in der Kneipe etwas herausbekommen? Vorsicht, Kommissar! Sie kennen Ouistreham nicht! Denken Sie daran, Leute, die ihr Leben in einer Kneipe verbringen, haben oft eine rege Phantasie. Sie würden Vater und Mutter beschuldigen, nur um eine gute Geschichte erzählen zu können …«

»Wollen wir uns nicht einem anderen Thema zuwenden?«, fragte Madame Grandmaison mit einem verbindlichen Lächeln. »Ein Petit Four, Kommissar? Wirklich nicht? Mögen Sie nichts Süßes?«

Zweimal! Das war zu viel. Und Maigret hätte aus Protest fast seine Pfeife aus der Tasche gezogen.

»Gestatten Sie … Ich muss mich jetzt mit gewissen Dingen befassen.«

Man hielt ihn nicht auf. Im Grunde war man ganz froh, ihn loszuwerden, so wie er froh war davonzukommen. Draußen stopfte er sich seine Pfeife und ging langsam Richtung Hafen. Man kannte ihn schon. Man wusste, er hatte mit der Gruppe in der Seemannskneipe getrunken, und grüßte ihn beinahe vertraulich.

Als er den Quai erreichte, fuhr der Leichenwagen gerade nach Caen davon, und hinter einem Fenster im Erdgeschoss sah man das Gesicht von Julie und die beiden Frauen, die sie in die Küche zu ziehen versuchten.

Leute standen um ein Fischerboot herum, das soeben eingetroffen war. Zwei Männer sortierten die Fische. Die Zöllner, die gerade nichts zu tun hatten, lehnten am Brückengeländer.

»Ich habe gerade die Bestätigung erhalten, dass die Saint-Michel morgen einläuft«, sagte der Hafenmeister, der auf Maigret zukam. »Sie ist drei Tage in Fécamp geblieben, weil der Bugspriet repariert werden musste.«

»Sagen Sie mal, transportiert sie manchmal Kabeljaurogen?«

»Rogen? Nein. Der norwegische Rogen kommt mit skandinavischen Segelschiffen oder kleinen Dampfern … Aber die gehen in Caen nicht vor Anker. Sie entladen direkt in den Sardinenhäfen wie Concarneau, Les Sables-d'Olonne, Saint-Jean-de-Luz …«

»Und Fischtran?«

Delcourt machte große Augen.

»Wozu?«

»Ich weiß nicht.«

»Nein, die Küstenschiffe haben fast immer dieselbe Ladung: Gemüse und vor allem Zwiebeln für England, Kohle für die bretonischen Häfen, Schotter, Zement, Schiefer … Ich habe mich übrigens bei den Schleusenarbeitern erkundigt, wann die Saint-Michel zum letzten Mal hier war. Am 16. September ist sie aus Caen kommend kurz vor Ende der Flut eingelaufen. Man wollte schon den Dienst einstellen. Joris hat darauf aufmerksam gemacht, dass im Kanal nicht genug Wasser sei, um das offene Meer zu erreichen, zumal bei Nebel. Aber der Besitzer hat darauf bestanden, durchgeschleust zu werden, um in aller Frühe weiterfahren zu können. Sie haben im Vorhafen festgemacht und dort übernachtet. Bei Ebbe saßen sie auf dem Trockenen. Erst gegen neun Uhr morgens konnten sie weiterfahren …«

»Und der Bruder von Julie war an Bord?«

»Natürlich. Sie sind nur zu dritt: der Kapitän und zwei Männer, Grand-Louis …«

»Heißt der ehemalige Sträfling so?«

»Ja. Man nennt ihn Grand-Louis, weil er ein Hüne ist und einen mit einer Hand erwürgen kann.«

»Ein übler Bursche?«

»Wenn Sie den Bürgermeister fragen oder jemanden aus seinem Kreis, wird er Ja sagen. Ich habe ihn, ehe er ins Gefängnis kam, nicht gekannt. Er ist nicht oft hier. Ich weiß nur, dass er in Ouistreham nie irgendwas angestellt hat. Er trinkt natürlich … Oder vielmehr … Schwer zu sagen … Er hat immer einen sitzen. Er kommt und geht. Sieht einem nie in die Augen … Trotzdem ist der Kapitän der Saint-Michel mit ihm zufrieden.«

»Er ist gestern in Abwesenheit seiner Schwester hier gewesen.«

Delcourt wandte den Kopf ab, wagte nicht zu leugnen, und Maigret wurde in diesem Augenblick klar, dass man ihm nie alles sagen würde, dass diese Seeleute wie Pech und Schwefel zusammenhielten.

»Nicht nur er.«

»Was wollen Sie damit sagen?«

»Nichts … Ich habe gehört, dass ein Fremder hier herumgestrichen ist … Aber ob das wirklich stimmt …«

»Wer hat ihn gesehen?«

»Ich weiß es nicht. Es wird viel geredet … Wollen Sie etwas trinken?«

Zum zweiten Mal ließ sich Maigret in der Kneipe nieder, wo sich ihm Hände entgegenstreckten.

»Die Herrn von der Staatsanwaltschaft sind ja schnell fertig gewesen.«

»Was trinken Sie?«

»Bier.«

Die Sonne hatte den ganzen Tag geschienen. Aber jetzt wallten Nebelschleier zwischen den Bäumen, und das Wasser im Kanal begann zu dampfen.

»Wieder eine Nacht, in der man die Hand vor Augen nicht sieht«, seufzte der Hafenmeister.

Und im selben Augenblick hörte man das Nebelhorn heulen.

»Fuhr Kapitän Joris oft nach Norwegen?«, fragte Maigret unvermittelt.

»Ja, als er bei der Anglo-Normande tätig war. Vor allem gleich nach dem Krieg, weil es da an Holz fehlte. Das ist eine scheußliche Ladung, weil sie keinen Platz fürs Manövrieren lässt.«

»Haben Sie für dieselbe Gesellschaft gearbeitet?«

»Nicht lange. Ich bin vor allem für Worms in Bordeaux gefahren, immer dieselbe Route: Bordeaux–Nantes und Nantes–Bordeaux. Achtzehn Jahre lang.«

»Woher stammt Julie?«

»Aus einer Fischerfamilie in Port-en-Bessin. Wenn man die überhaupt als Fischer bezeichnen kann. Der Mann hat nicht viel erreicht im Leben. Er ist im Krieg gefallen. Die Mutter verkauft bestimmt immer noch Fisch auf den Straßen, vor allem trinkt sie Rotwein in Bistros.«

Wieder musste Maigret seltsam lächeln, als er an Julie dachte. Er sah sie vor sich, wie sie in seinem Büro in Paris erschienen war, sehr schmuck in ihrem blauen Kostüm und ein wenig eigenwillig in ihrer Art.

Und dann heute Morgen, als sie, ungeschickt wie ein kleines Mädchen, unbedingt verhindern wollte, dass er den Brief ihres Bruders las.

Joris' Haus verschwand schon fast im Nebel. Weder im ersten Stock noch im Esszimmer brannte Licht. Nur im Flur und vermutlich hinten in der Küche, wo die beiden Frauen dem Mädchen Gesellschaft leisteten.

Die Schleusenarbeiter kamen in die Kneipe, setzten sich aber taktvoll an einen der hinteren Tische und begannen Domino zu spielen. Das Licht des Leuchtturms ging an.

»Bringen Sie uns noch mal das Gleiche«, sagte der Hafenmeister, auf die Gläser deutend. »Das geht auf mich.«

Mit seltsam gedämpfter Stimme fragte Maigret:

»Wenn Joris noch lebte, wo wäre er dann jetzt? Hier?«

»Nein, zu Hause, die Füße in Pantoffeln.«

»Im Esszimmer? In seinem Schlafzimmer?«

»In der Küche, um die Zeitung und dann ein Buch über Gartenbau zu lesen. Er hatte seine Leidenschaft für Blumen entdeckt. Obwohl jetzt schon Ende Oktober ist, blühen noch viele Blumen in seinem Garten.«

Die anderen lachten, aber es machte sie auch ein wenig verlegen, dass sie sich nicht für Blumen begeisterten, sondern lieber Abend für Abend in der Kneipe hockten.

»Ging er zur Jagd?«

»Selten. Manchmal, wenn er eingeladen wurde ...«

»Mit dem Bürgermeister?«

»Das ist vorgekommen. Wenn es Enten gab, gingen sie zusammen in die Jagdhütte …«

Die Kneipe war so schwach beleuchtet und so verraucht, dass man die Dominospieler kaum sehen konnte. Ein großer Ofen verbreitete stickige Wärme. Draußen war es jetzt fast finster, eine Finsternis, die durch den dichten Nebel undurchdringlich, bedrohlich wirkte, und das Nebelhorn heulte immer noch. Maigrets Pfeife knisterte.

In seinem Stuhl zurückgelehnt, schloss er halb die Augen und bemühte sich, all die zusammenhanglosen Details zu einem Ganzen zu fügen.

»Joris ist sechs Wochen lang verschwunden gewesen und dann mit einem gespaltenen und geflickten Schädel zurückgekommen«, sagte er, ohne zu merken, dass er laut dachte.

»Am Tag seiner Ankunft erwartete ihn das Gift.«

Und erst am nächsten Tag findet Julie im Wandschrank die Warnung ihres Bruders.

Maigret stieß einen tiefen Seufzer aus und murmelte:

»Kurz, man hat versucht, ihn zu töten! Dann hat man ihn geheilt, dann hat man ihn endgültig umgebracht! Es sei denn …«

Denn diese drei Überlegungen passten nicht zueinander. Und es kam ihm ein wunderlicher Gedanke, so wunderlich, dass er erschreckend wirkte.

»Es sei denn, man hat ihn beim ersten Mal gar nicht töten wollen, sondern lediglich um den Verstand bringen …«

Hatten die Pariser Ärzte nicht gesagt, die Operation könne nur von einem großen Chirurgen gemacht worden sein?

Aber spaltet man einem Mann den Schädel, wenn man ihn um den Verstand bringen will?

Und außerdem, was bewies, dass Joris wirklich nicht mehr bei Verstand gewesen war?

Man beobachtete Maigret mit respektvollem Schweigen. Der Zöllner bedeutete der Kellnerin, die Gläser zu füllen.

Da saßen sie nun, in der Wärme, jeder seinen Gedanken nachhängend, seinen Träumereien, die der Alkohol vernebelte.

Man hörte drei Autos: Die Vertreter der Staatsanwaltschaft kehrten nach dem Empfang bei Monsieur und Madame Grandmaison nach Caen zurück. Die Leiche von Kapitän Joris lag schon in einem Kühlfach der Gerichtsmedizin.

Niemand sagte ein Wort. Die Schleusenarbeiter schoben die Dominosteine auf dem gescheuerten Tisch hin und her. Man spürte, dass das Problem allmählich auf allen lastete, dass es fast greifbar im Raum schwebte. Die Gesichter umwölkten sich. Der jüngste Zollbeamte erhob sich und stotterte:

»Höchste Zeit, dass ich nach Haus komme.«

Maigret reichte seinen Tabakbeutel seinem Nachbarn, der sich eine Pfeife stopfte und ihn dann dem nächsten gab. Plötzlich sagte Delcourt laut:

»Wie viel schulde ich Ihnen, Marthe?«

»Beide Runden? Neun fünfundsiebzig … Außerdem noch drei Franc zehn von gestern.«

Alle waren aufgestanden. Feuchte Luft drang durch die offene Tür herein. Man schüttelte sich die Hände.

Draußen machte sich jeder im Nebel auf den Nachhauseweg. Man hörte die Schritte hallen, und immer wieder ertönte das gellende Heulen des Nebelhorns.

Maigret blieb einen Augenblick stehen und lauschte den leiser werdenden Schritten. Schwere Schritte, zögernd erst, dann plötzlich hastig.

Und ihm wurde klar, dass alle von Angst ergriffen waren, ohne dass man sagen konnte, wie es gekommen war.

Sie hatten Angst, alle jene, die davongingen, Angst vor nichts, vor allem, vor einer unbestimmten Gefahr, einer plötzlichen Katastrophe, vor dem Dunkel und den Lichtern.

»Was, wenn noch etwas passiert?«

Maigret klopfte die Asche aus seiner Pfeife und knöpfte seinen Mantel zu.

4

Die Saint-Michel

Schmeckt es Ihnen?«, fragte der Wirt besorgt bei jedem Gang.

»Ja, ja«, antwortete Maigret, der in Wirklichkeit gar nicht wusste, was er aß.

Er saß allein im Speisesaal des Hotels, der vierzig oder fünfzig Plätze hatte. Ein Hotel für Badegäste, die im Sommer nach Ouistreham kamen. Möbel wie in allen Strandhotels. Kleine Vasen auf den Tischen.

Keine Beziehung zu dem Ouistreham, das den Kommissar interessierte und das er allmählich zu verstehen begann.

Und deshalb war er auch so zufrieden. Das, wovor ihm am meisten bei einer Untersuchung graute, waren die ersten Kontakte mit all den Irrtümern und falschen Vorstellungen, die dazugehörten.

Das Wort Ouistreham zum Beispiel. Das Bild, das er sich in Paris gemacht hatte, passte nicht zur Wirklichkeit: ein Hafen in der Art von Saint-Malo. An seinem ersten Abend hier wirkte der Ort düster, bewohnt von verschlossenen, schweigsamen Leuten.

Jetzt kannte er ihn besser und fühlte sich schon zu Hause. Ouistreham war irgendein Dorf am Ende einer von kleinen Bäumen gesäumten Straße. Was zählte, war der Hafen: eine Schleuse, ein Leuchtturm, Joris' Haus, die Kneipe.

Und der Rhythmus dieses Hafens: die Flut, zweimal täglich, die Fischer, die mit ihren Körben vorbeikamen, die Handvoll Männer, die sich nur mit dem Kommen und Gehen der Schiffe befassten.

Andere Wörter hatten eine fester umrissene Bedeutung: Kapitän, Frachter, Küstenschiff ... Er sah das alles zirkulieren, und er begriff die Spielregeln.

Das Rätsel war noch nicht gelöst. Alles, was am Anfang unerklärlich war, blieb unerklärlich. Aber die Figuren standen an ihrem Platz, jede in ihrer Umgebung, mit ihren kleinen Sorgen und Freuden.

»Werden Sie lange hierbleiben?«, fragte der Wirt, als er ihm den Kaffee brachte.

»Ich weiß noch nicht.«

»Wenn das in der Saison passiert wäre, wäre es für mich sehr bitter gewesen.«

Es waren vier Ouistrehams, die Maigret jetzt unterschied. Ouistreham-Hafen, Ouistreham-Dorf, Ouistreham-Siedlung mit den wenigen Villen wie der des Bürgermeisters an der Hauptstraße und schließlich Ouistreham-Seebad, das im Augenblick nicht existierte.

»Gehen Sie aus?«

»Ich will noch einen kleinen Spaziergang machen, ehe ich mich schlafen lege.«

Es war Flut. Draußen war es viel kälter als an den Tagen zuvor, weil sich der Nebel, ohne sich aufzulösen, in eisige Wassertropfen verwandelt hatte.

Alles war dunkel, alles war geschlossen. Man sah nur das feuchte Auge des Leuchtturms, und von der Schleuse hallten Stimmen herüber.

Ein leises Hupen. Ein grünes und ein rotes Licht, die sich näherten, eine Masse, die dicht an der Mauer entlangglitt.

Maigret verstand jetzt das Manöver. Es war ein Dampfer, der vom Meer kam. Eine schattenhafte Gestalt fing eine Trosse auf und schlang sie um den ersten Poller. Dann rief der Kapitän auf der Kommandobrücke: »Maschinen rückwärts«, um zu stoppen.

Delcourt kam herbei und blickte beunruhigt auf die Mole.

»Was gibt's?«

»Ich weiß nicht.«

Er runzelte die Stirn, als wäre es möglich, durch reine Willenskraft in der völligen Finsternis etwas zu erkennen. Schon wollten zwei Männer das Schleusentor wieder schließen. Delcourt rief ihnen zu:

»Wartet noch einen Augenblick.«

Und plötzlich erstaunt:

»Das ist sie.«

Und im selben Moment schrie weniger als fünfzig Meter entfernt eine Stimme:

»He, Louis, hol die Klüver ein, und gebt acht beim Backbordanlegen.«

Dann hörte man, wie ein Segel heruntergelassen wurde, wobei die Ringe am Mast klapperten.

Gleich darauf glitt ein beigesetztes Segel in allernächster Nähe vorbei.

»Wie sie das bloß geschafft haben«, murmelte der Hafenmeister.

Und er rief dem Segelschiff zu:

»Fahrt ein Stück weiter, ganz dicht an Backbord des Dampfers heran, sonst kann man die Tore nicht schließen.«

Ein Mann war mit einer Trosse an Land gesprungen und blickte jetzt um sich, die Fäuste in die Hüften gestemmt.

»Die Saint-Michel?«, fragte Maigret.

»Ja … Die sind wie ein Dampfer gefahren.«

Unten auf Deck war nur eine kleine Lampe, die alle möglichen Dinge beleuchtete: ein Fass, einen Haufen Taue, die Gestalt eines Mannes, der vom Steuerrad zum Bug des Segelschiffs lief.

Die Leute von der Schleuse kamen einer nach dem anderen herbei und musterten das Schiff mit seltsamer Neugier.

»An die Tore, Kinder … Dalli! Dreht die Kurbeln!«

Nachdem die Tore geschlossen waren, strömte das Wasser ein, und die Schiffe begannen zu steigen. Das kleine Licht kam näher. Das Deck war jetzt fast auf gleicher Höhe mit dem Quai, und der Mann, der sich dort befand, rief dem Hafenmeister zu:

»Wie geht's?«

»Ganz gut«, antwortete Delcourt verlegen. »Ihr ward schnell!«

»Der Wind war günstig, und Louis hatte alle Segel beigesetzt, sodass wir einen Frachter überholt haben.«

»Fährst du nach Caen?«

»Ja. Gibt's was Neues hier?«

Maigret stand ganz in der Nähe, Grand-Louis nur wenig weiter weg, aber sie sahen sich kaum. Nur der Hafenmeister und der Kapitän der Saint-Michel sprachen.

»Stimmt es, dass Joris zurückgekommen ist? In der Zeitung soll stehen …«

»Er ist zurückgekommen und wieder gegangen.«

»Was willst du damit sagen?«

Grand-Louis war einen Schritt näher gekommen, und wie man ihn da so im Dunkeln sah, die Hände in den Taschen, die Schultern schief, wirkte er eher wie ein schwächlicher, großer Schlaks.

»Er ist tot.«

Jetzt trat Louis dicht an Delcourt heran.

»Ist das wahr?«, murmelte er.

Es war das erste Mal, dass Maigret seine Stimme hörte. Und auch sie wirkte weich. Sie war heiser und ein wenig schleppend. Sein Gesicht konnte man immer noch nicht erkennen.

»Vergiftet. In der Nacht nach seiner Rückkehr.«

Und Delcourt beeilte sich, vorsichtig hinzuzufügen:

»Hier ist ein Kommissar aus Paris, der …«

Er war erleichtert. Schon eine ganze Weile fragte er sich, wie er das den anderen mitteilen konnte. Befürchtete er eine Unvorsichtigkeit der Leute der Saint-Michel?

»Ah, der Herr ist von der Polizei …«

Das Schiff stieg immer noch. Der Kapitän kletterte über die Reling, sprang auf den Quai, wusste nicht, ob er Maigret die Hand geben sollte.

»So etwas!«, sagte er, in Gedanken noch bei Joris.

Man spürte, dass auch er beunruhigt war. Die Unruhe war ihm noch deutlicher anzumerken als Delcourt. Er rief etwas, das der Kommissar nicht verstand.

»Was sagt er?«

»Er spricht Dialekt: Eine Schweinerei sei das!«

»Was ist eine Schweinerei?«, fragte Maigret den ehemaligen Sträfling.

Aber der blickte ihn nur stumm an. Maigret konnte ihn jetzt deutlich sehen. Sein Gesicht war geschwollen; eine Backe schien dicker zu sein als die andere, vielleicht lag es auch daran, dass er immer den Kopf schief hielt. Seine Haut war gegerbt, die Augen standen hervor.

»Sie waren gestern hier«, sagte der Kommissar.

Die Durchschleusung war beendet. Die Tore zum Kanal öffneten sich, und der Dampfer fuhr ein. Delcourt musste rennen, um nach der Tonnage und dem Heimathafen zu fragen. Man hörte oben von der Kommandobrücke rufen:

»Neunhundert Tonnen … Rouen.«

Aber die Saint-Michel fuhr nicht hinaus, und die um die Schleuse postierten Männer spürten, dass sich etwas Ungewöhnliches ereignete, spitzten die Ohren und warteten.

Delcourt kam zurück und schrieb die erhaltenen Angaben in sein Notizbuch.

»Nun?«, fragte Maigret ungeduldig.

»Nu, was?«, brummte Louis. »Sie haben gesagt, ich war gestern hier. Dann ist das wohl so.«

Es war nicht leicht, ihn zu verstehen, weil er die Wörter verschluckte, mit geschlossenem Mund redete, als würde er gleichzeitig auf etwas herumkauen. Außerdem hatte er einen starken Akzent.

»Was wollten Sie hier?«

»Meine Schwester besuchen.«

»Und da sie nicht da war, haben Sie ihr einen Brief hinterlassen.«

Maigret musterte verstohlen den Kapitän des Segelschiffs, der ebenso gekleidet war wie sein Matrose. Er wirkte mehr wie ein braver Vorarbeiter als wie ein Kapitän.

»Wir sind wegen einer Reparatur drei Tage in Fécamp geblieben, und Louis hat die Gelegenheit genutzt und Julie besucht«, fiel er ein.

Auf der Brücke des Schoners öffnete sich eine Luke. Ein Kopf tauchte auf, wirres Haar, struppiger Bart.

»Was ist los? Bleiben wir hier?«

»Halt's Maul, Célestin!«, schnauzte der Kapitän ihn an.

Delcourt trat von einem Fuß auf den anderen, um sich aufzuwärmen, vielleicht auch, um seine Unsicherheit zu überspielen, denn er wusste nicht, ob er bleiben oder sich entfernen sollte.

»Wie sind Sie auf den Gedanken gekommen, dass Joris in Gefahr war, Louis?«

Und der, achselzuckend:

»Nun, man hatte ihm ja schon den Schädel gespalten. Da war das nicht schwer zu erraten.«

Dumpfe Beklommenheit, Angst lag in der Luft. Louis blickte zu Joris' Haus hin, aber man sah nichts, nicht einmal einen dunkleren Fleck in der Nacht.

»Ist Julie dort?«

»Ja. Wollen Sie zu ihr?«

Er schüttelte den Kopf, wie ein Bär.

»Warum nicht?«

»Heult bestimmt.«

Und er sagte das mit dem Ekel eines Mannes, der keine Tränen sehen kann.

Sie standen immer noch da. Der Nebel wurde dichter. Delcourt verspürte das Bedürfnis, etwas zu sagen.

»Man könnte was trinken gehen …«

Einer seiner Männer, der ein Stück entfernt stand, machte ihn darauf aufmerksam, dass die Seemannskneipe gerade geschlossen hatte.

Der Kapitän der Saint-Michel schlug vor:

»Und wenn wir ein Glas in der Kajüte trinken?«

Sie waren zu viert: Maigret, Delcourt, Grand-Louis und der Kapitän, der Lannec hieß. Die Kajüte war nicht groß, ein kleiner Ofen verbreitete eine solche Hitze, dass alles beschlagen war, und das Licht der Petroleumlampe in der Kardanaufhängung war fast rot.

Wände aus lackiertem Pitchpine. Ein abgenutzter Eichentisch, auf dem schmutzige Teller, Gläser und eine halbe Flasche Rotwein standen.

Rechts und links in der Wand eine rechteckige Öffnung wie ein Schrank ohne Tür: die Kojen des

Kapitäns und von Louis. Die Betten waren nicht gemacht, Stiefel und schmutzige Kleidungsstücke lagen darauf. Ein Geruch von Teer, Alkohol, Küche und Schlafzimmer, vor allem aber die undefinierbaren Gerüche eines Schiffs.

Im Licht wirkten die Männer weniger geheimnisvoll. Lannec hatte einen braunen Schnurrbart und kluge, wache Augen. Er hatte eine Flasche Schnaps aus einem Schrank geholt und spülte die Gläser, indem er sie mit Wasser füllte, das er dann auf den Boden schüttete.

»Sie sollen in der Nacht vom 16. September hier gewesen sein.«

Grand-Louis hatte die Ellbogen auf den Tisch gestemmt und saß gekrümmt da. Lannec antwortete, während er den Schnaps in die Gläser goss:

»Ja, wir waren hier.«

»Es kommt selten vor, nicht wahr, dass Sie im Vorhafen schlafen, da Sie doch der Flut wegen ständig auf die Trossen achten müssen?«

»Es kommt vor«, erwiderte Lannec.

»Oft kann man so ein paar Stunden Zeit gewinnen«, fiel Delcourt ein, der wohl die Rolle des Vermittlers spielen wollte.

»Hat Kapitän Joris Sie an Bord aufgesucht?«

»Während der Durchschleusung. Später nicht …«

»Und Sie haben nichts Ungewöhnliches gesehen oder gehört?«

»Auf Ihr Wohl! … Nein, nichts.«

»Sie, Louis, lagen Sie schon in der Koje?«

»Werd ich wohl.«

»Was sagen Sie?«

»Das werde ich wohl … Lange her.«

»Sind Sie nicht zu Ihrer Schwester gegangen?«

»Vielleicht … Nicht lange.«

»Hatte Joris Ihnen nicht verboten, sein Haus zu betreten?«

»Gerede.«

»Was meinen Sie damit?«

»Nichts. Gerede … Brauchen Sie mich noch?«

Es lag kein ernsthafter Verdacht gegen ihn vor. Außerdem hatte Maigret nicht die geringste Lust, ihn zu verhaften.

»Heute nicht.«

Louis sagte auf Bretonisch etwas zu seinem Chef, erhob sich, leerte sein Glas und tippte an seine Mütze.

»Was hat er Ihnen gesagt?«, fragte der Kommissar.

»Dass ich ihn nicht brauche, um nach Caen und zurückzufahren. Er wird hier auf mich warten.«

»Wohin geht er?«

»Das hat er nicht gesagt.«

Delcourt steckte eilig den Kopf durch die Luke, spitzte die Ohren und kam dann an den Tisch zurück.

»Er ist an Bord des Baggerschiffs.«

»An Bord von was?«

»Haben Sie die beiden Baggerschiffe im Kanal nicht gesehen? Sie werden im Augenblick nicht benutzt. Da gibt es Kojen. Seeleute schlafen lieber auf einem alten Schiff als im Hotel.«

»Noch ein Glas?«, fragte Lannec.

Maigret sah sich um, zwinkernd, und machte es sich dann gemütlich.

»Welches war der erste Hafen, den Sie nach Ouistreham am 16. September angelaufen haben?«

»Southampton ... Ich hatte dort Steine auszuladen ...«

»Und dann?«

»Boulogne.«

»Sind Sie seitdem nicht nach Norwegen gefahren?«

»Da bin ich nur einmal hingefahren, vor sechs Jahren.«

»Kannten Sie Joris sehr gut?«

»Wissen Sie, hier kennt jeder jeden ... Von La Rochelle bis Rotterdam ... Auf Ihr Wohl. Das ist übrigens Schiedam, den ich aus Holland mitgebracht habe. Rauchen Sie Zigarre?«

Er nahm eine Kiste aus einer Schublade.

»Die kosten da einen Franc.«

Sie waren dick und hatten goldene Bauchbinden.

»Seltsam«, seufzte Maigret, »man hatte mir versichert, dass Joris bei Ihnen an Bord war, als Sie im Vorhafen lagen. In Begleitung von jemand …«

Aber Lannec war ganz damit beschäftigt, seine Zigarre zu kappen, und als er den Kopf wieder hob, verriet sein Gesicht nichts.

»Warum sollte ich das verheimlichen?«

Jemand sprang draußen an Deck. Über der Treppe tauchte ein Kopf auf.

»Der Dampfer aus Le Havre kommt!«

Delcourt erhob sich hastig und sagte zu Maigret:

»Die Schleuse muss freigemacht werden. Die Saint-Michel muss raus.«

Und Lannec:

»Dann kann ich wohl weiterfahren.«

»Bis Caen?«

»Ja. Der Kanal führt nur dorthin. Morgen Abend werden wir die Ladung bestimmt gelöscht haben.«

Sie wirkten so ehrlich, Offenheit lag in ihren Gesichtern, und doch klang das alles falsch. Aber man hätte nicht sagen können, warum.

Anständige Leute! Jedenfalls sahen sie so aus. Lannec ebenso wie Delcourt, wie Joris, wie alle in der Seemannskneipe. Wirkte nicht selbst Grand-Louis wie ein sympathischer Bösewicht?

»Ich werde dein Schiff losmachen, Lannec. Bleib sitzen.«

Und der Hafenmeister ging hinaus, um die Trosse vom Poller zu lösen. Und der Alte, dessen

Kopf über der Treppe aufgetaucht war, murmelte fröstelnd:

»Grand-Louis hat sich wieder mal verdrückt.«

Und er hisste Fock- und Besansegel und stieß das Schiff mit einer Stange ab. Maigret sprang in letzter Sekunde an Land. Der Nebel hatte sich endgültig in Regen verwandelt, und man sah jetzt alle Lichter des Hafens, alle Gestalten und den Dampfer aus Le Havre, der ungeduldig pfiff.

Quietschende Kurbeln. Einströmendes Wasser. Das Großsegel des Schoners verdeckte die Sicht auf den Kanal.

Von der Brücke aus konnte Maigret die beiden Baggerschiffe sehen, scheußliche Kähne mit komplizierten Aufbauten, die ganz verrostet waren.

Er ging vorsichtig darauf zu, weil hier überall Abfall, alte Kabel, Anker und Schrott herumlagen. Er schritt über ein Brett, das als Steg diente, und sah einen schwachen Lichtschein durch die Ritzen.

»Grand-Louis«, rief er.

Sofort ging das Licht aus. Aus der Luke tauchte Grand-Louis' Oberkörper auf, und er brummte:

»Was wollen Sie?«

Aber gleichzeitig bewegte sich etwas anderes unter ihm, im Bauch des Baggerschiffs. Eine Gestalt schlich sich vorsichtig davon. Blech vibrierte, ein Rumpeln.

»Wer ist bei dir?«

»Bei mir?«

Maigret blickte um sich und wäre dabei fast in den Laderaum gefallen, wo der Schlick einen Meter hoch stand.

Hier war bestimmt noch jemand, aber wo? Das Rumpeln kam jetzt von einem anderen Teil des Schwimmbaggers. Maigret wusste nichts über die Beschaffenheit dieses apokalyptischen Schiffs. Er stieß mit dem Kopf an einen Eimer.

»Du schweigst?«

Grand-Louis grunzte, als wolle er sagen:

»Ich weiß nicht, wovon Sie sprechen.«

Jetzt bei Nacht hätte man zehn Männer gebraucht, um die beiden Baggerschiffe zu durchsuchen. Noch dazu welche, die sich hier auskannten. Maigret trat den Rückzug an. Durch den Regen trugen die Stimmen erstaunlich weit. Er hörte, wie jemand im Hafen sagte:

»Genau auf der anderen Seite des Kanals …«

Als er näher kam, sah er, wie der Erste Offizier des Schiffs aus Le Havre Delcourt etwas zeigte. Dieser war völlig durcheinander, als er Maigret bemerkte.

»Schwer zu glauben, dass sie es verloren haben, ohne es zu merken«, fuhr der Mann vom Dampfer fort.

»Was?«, fragte der Kommissar.

»Das Beiboot.«

»Was für ein Beiboot?«

»Das wir gerade gerammt haben. Es gehört zu dem Segelschiff, das vor uns war. Der Name stand am Heck: Saint-Michel.«

»Es wird sich losgerissen haben«, sagte Delcourt schulterzuckend. »Das kommt vor.«

»Es hat sich nicht losgerissen, aus dem einfachen Grund, weil bei dem Wetter jetzt das Boot nicht im Schlepptau ist, sondern an Deck zu sein hat.«

Und immer noch die Männer an der Schleuse, jeder auf seinem Posten, die alle versuchten mitzuhören.

»Man wird das morgen sehen. Lassen Sie das Boot hier.«

Zu Maigret gewandt, murmelte Delcourt mit einem schiefen Lächeln:

»Sie sehen, was für ein komischer Beruf das ist. Es gibt immer Geschichten.«

Der Kommissar lächelte nicht. Er sagte vielmehr mit ernster Miene:

»Wenn Sie mich morgen um sieben Uhr nicht sehen, oder sagen wir, um acht, dann rufen Sie die Staatsanwaltschaft in Caen an.«

»Was ist?«

»Gute Nacht. Und das Boot bleibt hier!«

Sollten die anderen doch auch einmal im Ungewissen sein. Die Hände in den Taschen und den Kragen hochgeschlagen, ging er entlang der Mole davon. Das Meer rauschte unter seinen Füßen, vor ihm, rechts und links.

Als er das Ende der Mole fast erreicht hatte, bückte er sich, um etwas aufzuheben.

5

Unsere Liebe Frau in den Dünen

Als es dämmerte, kehrte Maigret mit schweren Schritten ins Hôtel de l'Univers zurück. Sein Mantel triefte vor Nässe, seine Kehle war ausgetrocknet, weil er eine Pfeife nach der anderen geraucht hatte. Keine Menschenseele war zu sehen. Aber in der Küche fand er den Wirt, der gerade Feuer machte.

»Sind Sie die ganze Nacht draußen gewesen?«

»Ja. Würden Sie mir bitte so bald wie möglich Kaffee aufs Zimmer bringen? Gibt es hier übrigens eine Möglichkeit zu baden?«

»Da müsste ich erst den Kessel heizen.«

»Das ist nicht nötig.«

Ein grauer Morgen. Es war immer noch nebelig, aber der Nebel war jetzt heller. Maigret brannten die Augen. Sein Kopf war wie ausgehöhlt, und während er in seinem Zimmer auf den Kaffee wartete, stellte er sich ans offene Fenster.

Eine merkwürdige Nacht. Er hatte nichts Sensationelles getan. Man konnte nicht einmal von

Entdeckungen sprechen. Dennoch wusste er jetzt mehr über das Drama; viele Einzelheiten hatten sich zu denen gefügt, die er schon gekannt hatte.

Die Ankunft der Saint-Michel. Lannecs Verhalten. Konnte man von einem zweideutigen Verhalten sprechen? Eher nicht! Aber ganz ehrlich war er nicht. Und das galt auch für Delcourt, für alle im Hafen.

Grand-Louis' Verhalten zum Beispiel war äußerst verdächtig. Er fuhr nicht bis Caen auf dem Segelschiff mit. Er schlief an Bord eines alten Baggerschiffs. Maigret war sicher, dass er nicht allein dort war.

Und kurz darauf hatte der Kommissar erfahren, dass die Saint-Michel vor der Einfahrt in den Hafen ihr Beiboot verloren hatte. Am Ende der Mole hatte er etwas aufgehoben, das zu finden man dort am allerwenigsten erwarten konnte: einen goldenen Füllfederhalter.

Es war eine Mole auf Holzpfählen. Ganz am Ende neben der grünen Lampe führte eine Eisenleiter zum Meer hinunter. In der Nähe hatte man das Beiboot gefunden.

Mit anderen Worten: Bei ihrer Ankunft hatte die Saint-Michel einen Passagier an Bord, der in Ouistreham nicht gesehen werden wollte. Der Passagier hatte mit dem Beiboot angelegt und es dann im Wasser treiben lassen. Oben auf der Eisenleiter, in dem Augenblick, da er sich vorbeugte, um sich auf die Mole zu schwingen, war ihm der goldene Füllfederhalter aus der Tasche gefallen.

Der Mann war zu dem Baggerschiff geschlichen, wohin Louis ihm nachkam.

Eine nahezu mathematische Rekonstruktion. Man konnte die Ereignisse nur auf diese eine Art deuten.

Resultat: Ein Unbekannter versteckte sich in Ouistreham. Er war nicht ohne Grund gekommen, hatte also etwas zu erledigen, und er gehörte einem Milieu an, in dem man goldene Füllfederhalter benutzt.

Kein Seemann! Kein Vagabund! Der Luxusfederhalter ließ vermuten, dass er elegant gekleidet war, es war gewiss ein »Herr«, wie man auf dem Lande sagt.

Im Winter bleibt ein »Herr« in Ouistreham nicht unbemerkt. Am Tag würde er darum das Baggerschiff nicht verlassen können. Aber würde er nicht nachts an Land gehen, um das zu erledigen, dessentwegen er gekommen war?

Maigret hatte sich missmutig damit abgefunden, Wache zu stehen. Das war eigentlich die Arbeit eines jungen Inspektors. Er hatte stundenlang im Regen gestanden, den Blick starr auf das gewaltige Baggerschiff gerichtet.

Nichts war passiert. Niemand war von Bord gegangen. Es hatte zu dämmern begonnen, und jetzt blickte der Kommissar, verärgert, weil er kein heißes Bad nehmen konnte, auf sein Bett und fragte sich, ob er ein paar Stunden schlafen sollte.

Der Wirt kam mit dem Kaffee.

»Legen Sie sich nicht hin?«

»Ich weiß nicht. Würden Sie ein Telegramm zur Post bringen?«

Die Anweisung an Inspektor Lucas herzukommen, denn Maigret hatte keine Lust, in der folgenden Nacht wieder Wache zu stehen.

Durchs offene Fenster sah man den Hafen, das Haus von Kapitän Joris, die Sandbänke der Bucht, freigelegt von der Ebbe.

Während Maigret das Telegramm aufsetzte, blickte der Wirt hinaus. Ohne seinen Worten Bedeutung beizumessen, sagte er:

»Ach, das Dienstmädchen des Kapitäns geht spazieren.«

Der Kommissar hob den Kopf und sah Julie das Gartentor schließen und Richtung Strand eilen.

»Was ist da?«

»Was meinen Sie?«

»Wo kann sie hingehen? Sind da Häuser?«

»Kein einziges. Nur Strand, wo aber nie einer hingeht, weil dort hohe Wellen anbranden und es viele Schlammlöcher gibt.«

»Kein Weg, keine Straße?«

»Nein. Man gelangt an die Mündung der Orne, und das ganze Flussufer entlang ist bloß Morast … Ach, richtig, in den Sümpfen gibt es ein paar Hütten für die Entenjagd.«

Und schon machte Maigret sich mit gerunzelter Stirn auf den Weg. Er überquerte die Brücke mit großen Schritten, und als er am Strand anlangte, hatte Julie nur einen Vorsprung von zweihundert Metern.

Es war öde und leer. Nur ein paar Möwen flogen kreischend umher. Rechts waren Dünen, hinter denen sich der Kommissar versteckt hielt, um nicht gesehen zu werden.

Es war kühl. Die See war ruhig. Schaumgekrönte Wellen schlugen im Rhythmus des Atems ans Ufer.

Julie machte keinen Spaziergang; sie ging schnell und presste ihren schwarzen Mantel an sich. Sie hatte seit Joris' Tod noch keine Zeit gehabt, sich Trauerkleidung zu besorgen, darum trug sie das, was sie an schwarzer oder dunkler Garderobe besaß, wie diesen altmodischen Mantel, diese Wollstrümpfe, diesen Hut mit der breiten Krempe.

Immer wieder versanken ihre Füße im Sand. Zweimal drehte sie sich um, aber sie konnte Maigret, den die Dünen vor ihr verbargen, nicht sehen.

Schließlich, etwa einen Kilometer hinter Ouistreham, bog sie so hastig rechts ein, dass sie den Kommissar fast entdeckt hätte.

Aber sie ging nicht auf eine der Jagdhütten zu, wie Maigret es einen Augenblick geglaubt hatte. Verlassen lag die raue Gras- und Sandlandschaft da.

Dem Meer zugewandt, fünf Meter von der Stelle entfernt, wo sich die Wellen bei starker Brandung brachen, stand eine Kapelle, wohl schon vor einigen Jahrhunderten errichtet, die nur noch eine Ruine war. Sie hatte ein Tonnengewölbe, eine der dicken Mauern fehlte.

Julie trat ein, und kurz darauf hörte Maigret, dass sie etwas hin und her schob, wahrscheinlich Muscheln.

Er machte ein paar Schritte, leise, und sah an der Rückwand eine kleine, von einem Gitter geschlossene Nische. Am Fuß der Nische war eine Art Altar, und Julie beugte sich suchend darüber.

Plötzlich drehte sie sich um, entdeckte den Kommissar, der nicht die Zeit gehabt hatte, sich zu verstecken, und sagte erregt:

»Was tun Sie hier?«

»Und Sie?«

»Ich … Ich bin gekommen, um zu Unserer Lieben Frau in den Dünen zu beten.«

Sie hatte Angst; alles an ihr bewies, dass sie etwas zu verbergen hatte. Sie hatte gewiss die ganze Nacht nicht geschlafen, denn ihre Augen waren rot, und zwei Strähnen ihres schlecht gekämmten Haars lugten unter dem Hut hervor.

»Ach, das ist eine Kapelle, die Unserer Lieben Frau in den Dünen geweiht ist?«

Und tatsächlich, in der Nische hinter dem Gitter stand eine Statue der Jungfrau, so verwittert, dass man sie kaum noch erkannte.

Rings um die Nische hatten Leute mit Bleistift, mit dem Messer oder einem Stückchen Stein wild durcheinander Worte hingekritzelt:

Möge Denise ihr Examen bestehen.
Unsere Liebe Frau in den Dünen, gib, dass Jojo bald lesen lernt.
Schenk der ganzen Familie Gesundheit, vor allem Großvater und Großmutter.

Und es gab noch profanere Dinge. Von Pfeilen durchbohrte Herzen.

Robert und Jeanne für immer und ewig.

Vertrocknete Blumen hingen am Gitter. Aber diese Kapelle wäre nur eine Kapelle wie viele andere gewesen, hätten nicht die vielen Muscheln auf den Ruinen des Altars gelegen.

Muscheln in allen Formen und Größen, und auf alle waren Worte geschrieben, meistens mit Bleistift, mal von unsicherer Kinderhand, mal in fester Schrift.

Gib, dass der Fischfang in Neufundland gut ist und Papa nicht wieder hinfahren muss.

Der Boden war aus gestampftem Lehm. Durch die Öffnung sah man den Strand, das Meer, silbrig schimmernd im gleißenden Licht. Julie, die nicht wusste, wie sie sich verhalten sollte, warf, ohne es zu wollen, ängstliche Blicke auf die Muscheln.

»Haben Sie eine hergebracht?«, fragte Maigret.

Sie schüttelte den Kopf.

»Aber als ich kam, haben Sie in den Muscheln gewühlt. Was haben Sie gesucht?«

»Nichts … Ich …«

»Sie?«

»Nichts!«

Und sie setzte eine trotzige Miene auf und zog ihren Mantel noch fester zusammen.

Es war jetzt an Maigret, die Muscheln eine nach der anderen in die Hand zu nehmen und zu lesen, was darauf geschrieben stand. Und plötzlich lächelte er. Auf einer großen Teppichmuschel entzifferte er:

Unsere Liebe Frau in den Dünen, gib, dass mein Bruder Louis Erfolg hat und dass wir alle glücklich werden.

Und darunter ein Datum: *13. September.* Mit anderen Worten, diese primitive Opfergabe war drei

Tage vor dem Verschwinden von Kapitän Joris hergebracht worden.

Und war Julie jetzt nicht hier, um sie wieder mitzunehmen?

»Haben Sie das hier gesucht?«

»Warum interessiert Sie das?«

Sie ließ ihre Muschel nicht aus den Augen. Es war, als wollte sie sich auf Maigret stürzen, um sie ihm aus den Händen zu reißen.

»Geben Sie sie mir! Legen Sie sie wieder an ihren Platz.«

»Ja, ich werde sie wieder an ihren Platz legen, aber Sie müssen sie auch da liegen lassen. Kommen Sie … Wir werden uns auf dem Rückweg unterhalten.«

»Ich habe nichts zu sagen.«

Nach vorn gebeugt, wegen des Sands, in dem die Füße versanken, gingen sie über den Strand zurück.

»Ihr Bruder war schon immer ein Tunichtgut, nicht wahr?«

Sie starrte auf den Strand und schwieg.

»Es gibt Dinge, die sich nicht verbergen lassen. Ich spreche nicht nur von … von dem, was ihn ins Gefängnis gebracht hat.«

»Immer wieder das. In zwanzig Jahren wird man noch davon reden.«

»O nein, Julie, o nein. Louis ist ein guter Seemann, es heißt sogar, ein ausgezeichneter. Er könnte die

Stelle des Ersten Offiziers einnehmen. Allein … Eines schönen Tages betrinkt er sich mit Kameraden, die er zufällig trifft, macht Dummheiten, kehrt nicht auf sein Schiff zurück und treibt sich wochenlang herum, ohne zu arbeiten. Stimmt das? Und dann wendet er sich an Sie. Und vor einigen Wochen wandte er sich auch an Joris. Und danach lässt er sich wieder eine Weile nichts zuschulden kommen.«

»Na und?«

»Was war das für ein Plan, für den Sie sich am 13. September Erfolg wünschten?«

Sie blieb stehen und blickte ihn an. Sie war jetzt viel ruhiger, sie hatte Zeit gehabt nachzudenken.

»Ich wusste genau, dass es nicht gut ausgehen wird. Dabei hat mein Bruder gar nichts getan. Ich schwöre Ihnen, wenn er den Kapitän getötet hätte, wäre ich die Erste gewesen, die es ihm heimgezahlt hätte. Aber da ist die Gefängnisgeschichte, die immer wieder aufgewärmt wird. Wenn jemand einmal etwas ausgefressen hat, macht man ihn für alles verantwortlich, was später geschieht.«

»Was war Louis' Plan?«

»Es war kein Plan. Es war vollkommen harmlos. Er hatte einen sehr reichen Herrn kennengelernt, ich weiß nicht mehr, ob in England oder in Le Havre. Den Namen hat er mir nicht gesagt. Einen Herrn, der es satthatte, an Land zu leben, und der sich eine Jacht kaufen wollte, um durch die Welt zu reisen. Er hat sich an Louis gewandt, damit er eine für ihn ausfindig machte.«

Von Ouistreham konnte man hier kaum etwas sehen, nur den grellweißen Leuchtturm, der sich vom blasseren Himmel abhob.

»Louis hat darüber mit seinem Chef gesprochen. Denn wegen der Krise wollte Lannec schon seit einiger Zeit die Saint-Michel verkaufen. Und das ist alles. Die Saint-Michel ist das beste Segelschiff, das man finden kann, um es in eine Jacht zu verwandeln. Mein Bruder sollte zunächst zehntausend Franc für die Vermittlung bekommen. Dann hat der Käufer davon gesprochen, ihn als Kapitän, als Vertrauensmann, an Bord zu behalten.«

Sie bedauerte diese letzten Worte, die einen ironischen Kommentar herausforderten, spähte in Maigrets Gesicht nach einem Lächeln und schien ihm dankbar zu sein, dass er nicht sagte:

»Ein Sträfling als Vertrauensmann!«

Nein. Maigret dachte nach. Er war selbst erstaunt, dass die Geschichte so einfach war und so wahr klang.

»Aber Sie wissen nicht, wer der Käufer ist?«

»Nein.«

»Wo sollte Ihr Bruder ihn treffen?«

»Ich weiß es nicht.«

»Wann?«

»Sehr bald. Soviel ich weiß, sollte das Schiff in Norwegen umgebaut werden, und in einem Monat wäre die Jacht dann ins Mittelmeer, nach Ägypten gefahren.«

»Ein Franzose?«

»Ich weiß es nicht.«

»Und Sie sind heute in die Kapelle gegangen, um Ihre Muschel wiederzuholen?«

»Weil ich dachte, dass man auf falsche Gedanken kommt, wenn sie dort gefunden wird. Geben Sie ruhig zu, dass Sie mir nicht glauben.«

Statt darauf zu antworten, fragte er:

»Haben Sie Ihren Bruder gesehen?«

Sie zuckte zusammen.

»Wann?«

»Heute Nacht oder heute Morgen.«

»Ist Louis hier?«

Sie wirkte bestürzt, durcheinander.

»Die Saint-Michel ist angekommen.«

Diese Worte beruhigten sie ein wenig, als hätte sie gefürchtet, ihr Bruder sei nicht mit dem Segelschiff gekommen.

»Und dann ist er nach Caen weitergefahren?«

»Nein. Er hat sich an Bord des einen Baggerschiffs schlafen gelegt.«

»Gehen wir«, sagte sie. »Ich friere.«

Die Brise vom Meer wurde immer kühler, und der Himmel bedeckte sich mehr und mehr.

»Schläft er oft auf einem alten Schiff?«

Sie antwortete nicht. Sie gingen stumm nebeneinanderher und hörten nur das Knirschen des Sandes unter ihren Füßen.

Zwei Bilder vereinten sich in Maigrets Kopf: die Jacht, der goldene Füllfederhalter. Ohne sein Zutun begann sein Hirn zu arbeiten. Bisher hatte er den Federhalter nicht mit der Saint-Michel in Beziehung setzen können oder mit ihrer ungehobelten Besatzung. Jacht ... Goldener Federhalter ...

Aber ein reicher Mann mittleren Alters, der eine Jacht für seine Reisen sucht und einen goldenen Füllfederhalter verliert, das war doch eine Erklärung!

Blieb nur zu klären, warum dieser Mann, statt auf dem Segelschiff in den Hafen einzufahren, auf das Beiboot umgestiegen war, sich auf die Mole geschwungen und sich dann in einem halb mit Wasser gefüllten Baggerschiff versteckt hatte.

»An dem Abend, als Joris verschwand, hat Ihnen Ihr Bruder da nichts von seinem Käufer erzählt? Hat er Ihnen zum Beispiel nicht gesagt, dass dieser an Bord war?«

»Nein. Er hat mir nur versichert, das Geschäft sei fast perfekt.«

Sie gelangten zum Leuchtturm. Links stand Joris' Haus, und im Garten blühten Blumen, die noch der Kapitän gepflanzt hatte. Julies Gesicht verdüsterte sich, und sie blickte um sich wie jemand, der nichts mehr mit seinem Leben anzufangen weiß.

»Sie werden bestimmt wegen des Testaments zum Notar gehen müssen. Sie sind jetzt reich.«

»So ein Unsinn!«, sagte sie trocken.

»Was meinen Sie damit?«

»Sie wissen es genau. Dieses Gerede von einem Vermögen … Der Kapitän war nicht reich.«

»Das können Sie nicht wissen.«

»Er hat nichts vor mir verborgen. Wenn er mehrere Hunderttausend Franc besessen hätte, er hätte es mir gesagt. Und er hätte nicht gezögert, sich im letzten Winter ein Jagdgewehr für zweitausend Franc zu kaufen, das er doch so gern haben wollte. Er hatte das vom Bürgermeister gesehen und sich nach dem Preis erkundigt.«

Sie standen jetzt vor dem Gartentor.

»Kommen Sie mit herein?«

»Nein. Vielleicht später.«

Ihr graute davor, in das Haus zu gehen, in dem sie ganz allein sein würde.

Ereignislose Stunden. Maigret strich um das Baggerschiff herum wie ein Sonntagsspaziergänger, der mit instinktivem Respekt ein ihm rätselhaftes Schauspiel betrachtet.

Um elf Uhr nahm er mit den Leuten vom Hafen einen Aperitif.

»Hat jemand Grand-Louis gesehen?«

Man hatte ihn gesehen, ziemlich früh am Morgen. Er hatte in der Kneipe zwei Glas Rum getrunken und war dann die Hauptstraße hinuntergegangen.

Maigret war müde. Vielleicht hatte er sich in der Nacht erkältet. Jedenfalls fühlte er sich wie jemand, dem die Grippe in den Gliedern steckt. Man sah es seiner Haltung an, seiner Miene, die weniger energisch wirkte.

Die anderen musterten ihn verstohlen. Allen fehlte der rechte Schwung. Kapitän Delcourt fragte:

»Was soll ich mit dem Beiboot machen?«

»Machen Sie es irgendwo fest.«

Maigret stellte eine unangenehme Frage:

»Hat heute Morgen niemand einen Fremden auf der Straße gesehen? Ist niemandem etwas Ungewöhnliches aufgefallen, drüben bei den Baggerschiffen?«

Man hatte nichts gesehen, aber jetzt, da er das gesagt hatte, war man darauf gefasst, etwas zu sehen.

Es war seltsam: Alle rechneten mit einem Drama. Eine Vorahnung? Das Gefühl, dass sich der Kreis der Ereignisse noch nicht geschlossen hatte, dass ein Glied in der Kette fehlte?

Man hörte die Sirene eines Schiffs, das durchgeschleust werden wollte. Die Männer erhoben sich. Maigret stapfte erschöpft zur Post, um zu hören, ob etwas für ihn eingetroffen war. Ein Telegramm von Lucas, der ihm mitteilte, er treffe um zehn nach zwei ein.

Und zu dieser Stunde kündigte sich schon von Weitem die Kleinbahn an, die den Kanal entlang von Caen nach Ouistreham fährt und mit ihren Wagen der Bauart von 1850 einem Kinderspielzeug gleicht. Sie hielt mit quietschenden Bremsen schnaubend und zischend am Hafen.

Lucas stieg mit ausgestreckter Hand aus und wunderte sich über Maigrets düsteres Gesicht.

»Nun?«

»Na ja!«

Obwohl der Kommissar sein Vorgesetzter war, konnte sich Lucas ein Lächeln nicht verkneifen.

»Wissen Sie, ich habe noch nicht zu Mittag gegessen …«

»Komm mit ins Hotel … Da bekommst du schon noch was.«

Sie setzten sich in den Speisesaal, wo der Wirt den Inspektor bediente. Die beiden Männer sprachen halblaut. Der Wirt schien darauf zu warten, selbst etwas sagen zu können.

Als er den Käse brachte, schien ihm der richtige Moment gekommen, und er sagte:

»Wissen Sie, was dem Bürgermeister zugestoßen ist?«

Maigret fuhr zusammen und machte ein so beklommenes Gesicht, dass es dem Wirt kurz die Sprache verschlug.

»Nichts Ernstes … Als er vorhin in seinem Haus die Treppe hinunterging, ist er gestürzt. Man weiß nicht, wie das hat passieren können. Aber er hat sich das Gesicht so verletzt, dass er im Bett bleiben muss.«

Da hatte Maigret eine Eingebung. Das Wort trifft es genau, denn binnen einer Sekunde rekonstruierte er mit seinem scharfen Verstand das Ereignis.

»Ist Madame Grandmaison noch in Ouistreham?«

»Nein, sie ist in aller Frühe mit ihrer Tochter weggefahren. Ich nehme an, nach Caen. Sie hat den Wagen genommen.«

Maigret fühlte sich plötzlich wieder kerngesund.

»Brauchst du noch lange mit dem Essen?«

Und Lucas antwortete in sanftem Ton:

»Nein. Muss furchtbar sein, jemanden mit bestem Appetit essen zu sehen, wenn man selbst den Magen voll hat. Sagen wir, drei Minuten. Lassen Sie den Camembert noch stehen, Patron.«

6

Der Treppensturz

Der Wirt hatte nicht gelogen, aber doch etwas übertrieben: Monsieur Grandmaison lag nicht im Bett.

Maigret hatte Lucas weggeschickt, um das Baggerschiff zu überwachen, und war dann zu der Villa gegangen. Hinter einem Fenster entdeckte er eine Gestalt in der klassischen Pose des Kranken, der das Zimmer hüten muss.

Man sah das Gesicht nicht, aber es war eindeutig der Bürgermeister.

Weiter hinten im Zimmer stand jemand, ein Mann, mehr war nicht zu erkennen.

Als Maigret klingelte, hörte er im Haus mehr eiliges Hin und Her, als nötig ist, um eine Haustür zu öffnen. Endlich erschien das Mädchen, eine nicht mehr ganz junge, mürrische Person. Sie schien Besuch zu hassen, denn sie bekam die Zähne nicht auseinander.

Nachdem sie die Tür geöffnet hatte, ging sie die wenigen Stufen hinauf, die in die Diele führten, und überließ es Maigret, die Tür zu schließen.

Dann klopfte sie an eine Flügeltür und trat zur Seite, während der Kommissar das Arbeitszimmer des Bürgermeisters betrat.

Das alles hatte etwas Merkwürdiges. Lauter irritierende Details. Die ganze Atmosphäre wirkte sonderbar.

Es war ein großes, fast noch neues Haus, Seebadarchitektur. Aber bei dem Vermögen der Grandmaisons, die die Aktienmehrheit der Anglo-Normande besaßen, hätte man mehr Pracht und Luxus erwartet.

Vielleicht war ihr Haus in Caen üppiger eingerichtet.

Maigret hatte drei Schritte getan, als eine Stimme sagte:

»Ach, Sie sind's, Kommissar.«

Die Stimme kam vom Fenster. Monsieur Grandmaison saß in einem großen Klubsessel, die Beine auf einem Hocker. Im Gegenlicht sah man ihn nur undeutlich, aber man konnte erkennen, dass er einen Schal umgebunden hatte und sich mit einer Hand die linke Gesichtshälfte hielt.

»Setzen Sie sich!«

Maigret ging durch das Zimmer und setzte sich dann dem Reeder gegenüber. Er hatte einige Mühe, ein Lächeln zu unterdrücken, denn ihm bot sich ein komischer Anblick.

Monsieur Grandmaisons linke Wange, die die

Hand nicht ganz verbergen konnte, und die Lippen waren geschwollen. Aber was der Bürgermeister vor allem zu verdecken suchte, war das linke Auge, das dunkel umrandet war.

Das Ganze wäre weit weniger komisch gewesen, wenn der Reeder nicht trotzdem seine ganze Würde hätte zur Schau stellen wollen. Er zuckte nicht mit der Wimper, sah Maigret mit aggressivem Misstrauen an.

»Sind Sie gekommen, um mir die Ergebnisse Ihrer Untersuchung mitzuteilen?«

»Nein. Sie haben mich neulich mit den Herren von der Staatsanwaltschaft so liebenswürdig empfangen, dass ich mich dafür bedanken wollte.«

Maigret lächelte nie ironisch. Im Gegenteil, je mehr er sich über jemanden lustig machte, desto ernster war sein Gesichtsausdruck.

Er sah sich um. An den Wänden hingen Pläne von Frachtern und Fotos von Schiffen der Anglo-Normande. Die Mahagonimöbel waren von guter Qualität, aber nicht besonders schön. Auf dem Schreibtisch lagen einige Akten, Briefe und Telegramme.

Maigret schien Spaß daran zu haben, seinen Blick über den blank gebohnerten Fußboden schweifen zu lassen.

»Offenbar haben Sie einen Unfall gehabt.«

Der Bürgermeister seufzte, bewegte die Beine und murmelte:

»Ein Fehltritt, als ich die Treppe hinunterging.«

»Heute Morgen? Da hat sich Ihre Frau gewiss sehr erschreckt.«

»Sie war schon fort.«

»Das Wetter ist ja auch nicht gerade günstig für einen Aufenthalt am Meer. Es sei denn, man geht auf Entenjagd. Ihre Frau ist wohl mit Ihrer Tochter in Caen?«

»In Paris.«

Der Reeder war schlicht gekleidet. Dunkle Hose, Hausmantel über dem grauen Flanellhemd, Filzpantoffeln.

»Was war denn am Fuß der Treppe?«

»Was meinen Sie?«

Ein ärgerlicher Blick. Eine kühle Antwort:

»Auf was sind Sie gefallen?«

»Auf den Boden natürlich.«

Das war gelogen. Und wie es das war! Man bekommt kein blaues Auge, wenn man auf den Boden fällt. Und erst recht keine Würgemale am Hals.

Denn, sobald der Schal ein wenig verrutschte, sah Maigret blutunterlaufene Stellen.

»Sie waren natürlich allein im Haus.«

»Warum natürlich?«

»Weil so etwas immer passiert, wenn niemand da ist, der einem Hilfe leisten kann.«

»Das Mädchen machte Besorgungen.«

»Sie ist die einzige Hausangestellte?«

»Ich habe auch einen Gärtner, aber er ist nach Caen gefahren, um etwas für mich zu erledigen.«

»Es hat sicherlich sehr wehgetan.«

Gerade der Ernst, mit dem Maigret sprach, und sein fast herzlicher Ton beunruhigten den Bürgermeister.

Es war erst halb vier. Trotzdem begann es schon zu dämmern. Der Raum lag im Zwielicht.

»Gestatten Sie?«

Er zog seine Pfeife aus der Tasche.

»Wenn Sie eine Zigarre rauchen möchten, auf dem Kamin sind welche.«

Ein ganzer Stapel Zigarrenkisten. Auf einem Tablett stand eine Flasche mit altem Armagnac. Die hohen Türen waren aus lackiertem Pitchpine.

»Und wie steht es mit Ihrer Untersuchung?«

Eine vage Geste Maigrets, der sich nicht anmerken lassen wollte, dass er die Tür zum Salon beobachtete, die sich geheimnisvoll bewegte.

»Noch kein Ergebnis?«

»Nein.«

»Wollen Sie meine Meinung hören? Es war ein Fehler, so zu tun, als handelte es sich um einen komplizierten Fall.«

»Aber natürlich«, murmelte Maigret. »Als ob irgendwas an der Sache kompliziert wäre! Ein Mann verschwindet eines Abends und lässt einen Monat lang nichts von sich hören. Sechs Wochen später findet man ihn mit gespaltenem und wieder geflicktem Schädel in Paris, und außerdem hat er das Gedächtnis verloren. Man bringt ihn nach Hause, und in derselben Nacht wird er vergiftet. Inzwischen sind von Hamburg dreihunderttausend Franc auf sein Konto überwiesen worden. Ganz einfach, wirklich sonnenklar!«

Trotz des freundlichen Tons, die Ironie war nicht mehr zu überhören.

»Vielleicht ist die Sache doch einfacher, als Sie glauben. Selbst wenn man den Fall für rätselhaft hält, ist es wohl kaum vernünftig, die Bevölkerung leichtfertig in Panik zu versetzen. Und wenn man in gewissen Lokalen von solchen Dingen redet, verwirrt man den Leuten die Köpfe, denen der Alkohol schon zur Genüge zusetzt.«

Der Bürgermeister sah Maigret mit einem harten, inquisitorischen Blick an. Er sprach langsam, betonte jede Silbe, so als begänne er ein Verhör.

»Die Polizei hat die zuständigen Behörden um keinerlei Auskünfte gebeten. Ich, der Bürgermeister des Ortes, weiß nichts von dem, was dort unten im Hafen vorgeht.«

»Trägt Ihr Gärtner Espadrilles?«

Der Bürgermeister blickte auf den gebohnerten Boden, auf dem Schuhabdrücke zu sehen waren, eindeutig geflochtene Bastsohlen.

»Das weiß ich nicht.«

»Entschuldigen Sie, dass ich Sie unterbrochen habe … Mir ging da gerade etwas durch den Kopf … Was sagten Sie?«

Aber Monsieur Grandmaison hatte den Faden verloren und murmelte:

»Würden Sie mir bitte die oberste Zigarrenkiste reichen? … Ja, die … Danke.«

Er steckte sich eine Zigarre an und stöhnte vor Schmerz auf, weil er den Mund zu weit geöffnet hatte.

»Nun, wie weit sind Sie? Sie haben doch bestimmt interessante Informationen erhalten.«

»Sehr wenige.«

»Das ist merkwürdig, denn den Leuten vom Hafen fehlt es im Allgemeinen nicht an Phantasie, zumal, wenn sie ein paar Schnäpse intus haben.«

»Sie haben wohl Ihre Frau nach Paris geschickt, um ihr all diese Dramen zu ersparen? Und wer weiß, was noch passiert …«

Es war kein Kampf. Dennoch spürte jeder beim anderen eine gewisse Feindseligkeit.

Maigret trank mit den Schleusenarbeitern und den Fischern in der Seemannskneipe.

Der Bürgermeister empfing die Herren von der Staatsanwaltschaft und bot ihnen Tee, Likör und Petits Fours an.

Maigret war ein Mann aus dem Volk, der sich trotzdem nicht ohne Weiteres einordnen ließ.

Monsieur Grandmaison dagegen gehörte eindeutig einer ganz bestimmten Schicht an. Er war der große Mann der Kleinstadt, stammte aus einer alteingesessenen bürgerlichen Familie, hatte eine gut gehende Reederei und erfreute sich eines exzellenten Rufs.

Gewiss, seine Allüren waren gewollt demokratisch. Er sprach mit den Leuten von Ouistreham, wenn er ihnen auf der Straße begegnete, aber diese demokratische Haltung war herablassend. Er wollte nur Wählerstimmen gewinnen.

Doch angesichts der Unerschütterlichkeit Maigrets verlor Monsieur Grandmaison schnell seine Sicherheit.

Um wieder die Oberhand zu gewinnen, bekundete er seine Verärgerung.

»Monsieur Maigret …«, setzte er an.

Und diese beiden Wörter betonte er so, als handelte es sich um den ersten Vers eines Gedichts, das er nun zu Gehör bringen wollte.

»Monsieur Maigret, ich möchte Sie daran erinnern, dass ich als Bürgermeister der Gemeinde …«

Der Kommissar erhob sich, und zwar derart ungezwungen, dass Grandmaison die Augen weit aufriss. Und er ging zu der Salontür, öffnete sie seelenruhig.

»Kommen Sie doch herein, Louis. Es geht einem auf die Nerven, wenn die Tür sich ständig bewegt und man Sie dahinter atmen hört.«

Wenn er einen Theatercoup erhofft hatte, hatte er sich getäuscht. Grand-Louis gehorchte, kam ins Arbeitszimmer und starrte auf den Fußboden.

Sein Verhalten zeigte, dass die Situation unangenehm für ihn war, dass er sich als einfacher Matrose fehl am Platz fühlte im Haus eines vermögenden und bedeutenden Mannes.

Der Bürgermeister zog heftig an seiner Zigarre und blickte vor sich hin.

Man konnte kaum noch etwas sehen. Draußen war schon eine Gaslaterne angezündet.

»Erlauben Sie, dass ich Licht mache?«, sagte Maigret.

»Einen Augenblick … Schließen Sie erst die Vorhänge. Es ist nicht notwendig, dass die Leute draußen … Ja, die Schnur links. Aber sachte …«

Grand-Louis, der mitten im Raum stand, rührte sich nicht von der Stelle. Maigret knipste das Licht an, ging zum Ofen und begann darin herumzustochern.

Eine Marotte. So wie er sich, wenn er scharf nachdachte, vors Feuer stellte, die Hände auf dem Rücken, bis ihm ganz heiß wurde.

Hatte sich etwas verändert? Jedenfalls war Monsieur Grandmaisons Blick etwas spöttisch, als er den in Gedanken versunkenen Kommissar betrachtete.

»War Grand-Louis hier, als Sie den … den Unfall hatten?«

»Nein.«

»Schade. Sonst wären Sie ja vielleicht bei Ihrem Sturz auf seine Faust gefallen.«

»Und Sie hätten die Panik in den Hafenkneipen schüren können, indem Sie dort alberne Geschichten erzählten … Kommen wir zur Sache, Kommissar. Wir befassen uns beide mit diesem Verbrechen, Sie und ich. Sie haben Kapitän Joris in einem kläglichen Zustand aus Paris zurückgebracht, und alles scheint darauf hinzuweisen, dass man ihn nicht in Ouistreham so zugerichtet hat. Sie waren hier, als er getötet worden ist. Sie führen Ihre Untersuchung, wie Sie es für richtig halten …«

Die Stimme wurde schneidend.

»Ich bin seit fast zehn Jahren Bürgermeister. Ich kenne meine Leute. Ich betrachte mich als verantwortlich für das, was ihnen zustößt. Als Bürgermeister bin ich zugleich der Chef der örtlichen Polizei.«

Er hielt einen Augenblick inne, um an seiner Zigarre zu ziehen, von der Asche auf seinen Hausmantel fiel.

»Während Sie in Kneipen verkehren, bin ich selbst nicht untätig.«

»Und Sie laden Grand-Louis vor.«

»Ich werde auch noch andere vorladen, wenn mir das richtig erscheint. Sie haben mir wohl nichts Wesentliches mehr mitzuteilen?«

Er erhob sich mit etwas steifen Beinen und brachte seinen Besucher zur Tür.

»Ich hoffe«, murmelte Maigret, »Sie haben nichts dagegen, dass Louis mich begleitet. Ich habe ihn schon letzte Nacht verhört, muss ihn aber noch um einige zusätzliche Auskünfte bitten.«

Monsieur Grandmaison machte ein Zeichen, dass ihm das gleichgültig war. Aber Grand-Louis blieb wie angewurzelt stehen und starrte weiter auf den Boden.

»Kommen Sie?«

»Nein, nicht sofort.«

»Sie sehen«, sagte der Bürgermeister, »ich widersetze mich keineswegs! Ich möchte, dass Sie mir das bestätigen, nicht, dass Sie mir hinterher vorwerfen, ich hätte Ihnen Steine in den Weg gelegt. Ich habe Grand-Louis kommen lassen, um mich über gewisse Punkte zu informieren. Wenn er bleiben möchte, dann hat er mir wohl noch etwas zu sagen.«

Und doch, Angst lag in der Luft. Und nicht nur in der Luft! Und nicht nur Angst! Es war fast Panik, was man in den Augen des Bürgermeisters las.

Grand-Louis lächelte befriedigt.

»Ich warte draußen auf Sie«, sagte der Kommissar.

Aber er erhielt keine Antwort. Dagegen sagte der Bürgermeister:

»Es wird mir immer eine Freude sein, Sie wiederzusehen, Herr Kommissar.«

Grandmaison öffnete die Tür. Das Mädchen kam stumm und mürrisch aus der Küche herbeigeeilt und ging Maigret bis zur Haustür voraus, die sie dann hinter ihm schloss.

Die Straße war menschenleer. Hundert Meter entfernt brannte Licht in einem Fenster, weitere Lichter in einigem Abstand zueinander, denn die Häuser an der Riva-Bella-Straße waren von großen Gärten umgeben.

Maigret tat ein paar Schritte, die Hände in den Taschen, und gelangte an das Ende des eingezäunten Gartens von Grandmaison, hinter dem sich Brachland erstreckte. Dieser Teil von Ouistreham lag direkt an den Dünen, ringsum war nichts als Gras und Sand.

Eine Gestalt im Dunkeln. Eine Stimme:

»Sind Sie's, Herr Kommiss…«

»Lucas?«

Sie gingen schnell aufeinander zu.

»Was machst du hier?«

Lucas ließ den Garten nicht aus den Augen. Leise sagte er:

»Der Mann von dem Baggerschiff …«

»Hat er es verlassen?«

»Er ist hier.«

»Schon lange?«

»Knapp fünfzehn Minuten. Er steht hinter der Villa.«

»Ist er über den Zaun geklettert?«

»Nein. Sieht so aus, als würde er auf jemanden warten. Ich habe Ihre Schritte gehört, und da wollte ich sehen …«

»Bring mich zu ihm.«

Sie gingen um die Villa herum, und Lucas stieß einen Fluch aus.

»Was ist?«

»Er ist nicht mehr da.«

»Bist du sicher?«

»Er stand neben dem Tamariskenstrauch.«

»Glaubst du, dass er hineingegangen ist?«

»Ich weiß nicht.«

»Bleib hier. Rühr dich nicht vom Fleck.«

Und Maigret lief zur Straße. Er sah niemanden. Ein Lichtstrahl sickerte aus dem Fenster des Arbeitszimmers, aber man konnte nicht hineinsehen.

Da zögerte er nicht länger. Er kehrte um und klingelte an der Tür. Das Mädchen öffnete fast sofort.

»Ich glaube, ich habe meine Pfeife im Arbeitszimmer des Herrn Bürgermeister vergessen.«

»Ich schaue nach.«

Sie ließ ihn an der Tür stehen, aber sobald sie verschwunden war, ging er hinein und leise die Stufen zur Diele hinauf und warf dann einen Blick ins Arbeitszimmer.

Der Bürgermeister saß wieder mit ausgestreckten Beinen an seinem Platz. Man hatte einen kleinen Tisch neben ihn gestellt, und auf der anderen Seite dieses Tischchens saß Grand-Louis.

Sie spielten Dame.

Der ehemalige Sträfling setzte einen Spielstein und sagte laut:

»Sie sind an der Reihe.«

Und der Bürgermeister, der nervös zu dem Mädchen hinblickte, das immer noch die Pfeife suchte, sagte:

»Sie sehen doch, dass sie nicht hier ist. Sagen Sie dem Kommissar, er muss sie anderswo verloren haben. Sie sind dran, Louis.«

Und in selbstsicherem, vertraulichem Ton sagte Louis:

»Bringen Sie uns dann etwas zu trinken, Marguerite.«

7
Der Drahtzieher

Als Maigret die Villa verließ, merkte Lucas, dass es jetzt losgehen würde. Der Kommissar war fuchsteufelswild, blickte starr vor sich hin.

»Du hast ihn nicht wiedergefunden?«

»Ich glaube, es lohnt gar nicht zu suchen. Man müsste eine Treibjagd veranstalten, um einen Mann zu fassen, der sich in den Dünen versteckt.«

Maigret hatte seinen Mantel bis zum Hals zugeknöpft, steckte die Hände in die Taschen und biss auf seine Pfeife.

»Siehst du den Spalt in den Vorhängen?«, sagte er und zeigte auf das Fenster des Arbeitszimmers. »Und siehst du die kleine Mauer gegenüber? Nun, ich glaube, von da kannst du hineinsehen.«

Lucas war fast ebenso kräftig gebaut wie der Kommissar, aber kleiner. Er vergewisserte sich, dass niemand die Straße entlangkam, und schwang sich seufzend auf die Mauer.

Mit Einbruch der Dunkelheit war Wind aufgekommen, der von Minute zu Minute stärker wurde und die Bäume schüttelte.

»Siehst du etwas?«

»Ich bin nicht hoch genug. Fünfzehn oder zwanzig Zentimeter fehlen.«

Ohne etwas zu sagen, ging Maigret zu einem Steinhaufen am Straßenrand und brachte Lucas ein paar Steine.

»Versuch's mal damit.«

»Ich sehe das Ende des Tischs, aber die Leute immer noch nicht.«

Und der Kommissar holte weitere Steine.

»Jetzt geht's. Sie spielen Dame. Das Mädchen bringt ihnen dampfende Gläser. Grog vermutlich.«

»Bleib dort!«

Und Maigret begann die Straße auf und ab zu gehen. Hundert Meter weiter war die Seemannskneipe, dahinter lag der Hafen. Ein Bäckerwagen fuhr vorüber. Der Kommissar hätte ihn fast angehalten, um sicherzugehen, dass sich niemand darin versteckte, ließ es dann aber bleiben.

Es gibt Dinge, die wirken ganz leicht, lassen sich aber praktisch nicht bewerkstelligen. Zum Beispiel den Mann zu suchen, der hinter der Villa des Bürgermeisters wie vom Erdboden verschluckt worden war. Sollte man ihn in den Dünen suchen, am Strand, im Hafen, im Dorf? Alle Straßen sperren? Zwanzig Gendarmen würden dafür nicht reichen, und wenn er intelligent war, würde es ihm trotzdem gelingen zu entkommen.

Man wusste ja nicht mal, wer er war, wie er aussah.

Der Kommissar kam zu der Mauer zurück, auf der Lucas immer noch höchst unbequem stand.

»Was machen sie?«

»Sie spielen immer noch.«

»Sprechen sie miteinander?«

»Keiner macht den Mund auf. Der ehemalige Sträfling hat beide Ellbogen auf dem Tisch und ist schon bei seinem dritten Grog.«

Eine Viertelstunde verstrich, dann hörte man von der anderen Straßenseite her ein Läuten. Lucas rief den Kommissar.

»Ein Anruf! Der Bürgermeister will aufstehen, aber Louis nimmt den Hörer ab.«

Man konnte nicht hören, was er sagte, doch Grand-Louis wirkte zufrieden.

»Ist das Gespräch beendet?«

»Sie spielen weiter.«

»Bleib dort!«

Und Maigret entfernte sich Richtung Seemannskneipe. Wie jeden Abend saßen dort einige Männer beim Kartenspiel. Sie wollten den Kommissar auf ein Glas einladen.

»Jetzt nicht. Haben Sie Telefon, Mademoiselle?«

Der Apparat war in der Küche an der Wand befestigt. Eine alte Frau nahm Fische aus.

»Hallo! Ist da das Postamt von Ouistreham? …

Polizei. Würden Sie mir bitte sagen, wer eben die Nummer des Bürgermeisters angerufen hat?«

»Der Anruf kam aus Caen, Monsieur.«

»Welche Nummer?«

»122 … Das Café de la Gare.«

»Ich danke Ihnen.«

Er blieb noch eine ganze Weile in Gedanken versunken stehen.

»Von hier bis Caen sind es zwölf Kilometer«, murmelte er, als er in den Schankraum zurückkehrte.

»Dreizehn«, verbesserte Delcourt, der gerade gekommen war. »Wie geht's, Kommissar?«

Maigret hörte gar nicht hin.

»… das heißt eine knappe halbe Stunde mit dem Fahrrad.«

Er erinnerte sich, dass die Schleusenarbeiter, die fast alle im Dorf wohnten, zum Hafen radelten und dass ihre Räder den ganzen Tag gegenüber der Kneipe standen.

»Würden Sie bitte nachsehen, ob alle Räder da sind?«

»Verflucht noch mal, meins fehlt!«

Maigret wunderte sich nicht darüber, erkundigte sich auch nicht näher, sondern ging wieder in die Küche und nahm den Hörer ab.

»Geben Sie mir die Polizei in Caen. Ja … Danke … Hallo! Ist dort das Hauptkommissariat? … Hier

Kommissar Maigret von der Pariser Kriminalpolizei. Fährt heute noch ein Zug nach Paris? … Was sagten Sie? Erst um elf? … Nein! Hören Sie, schreiben Sie bitte mit.

Erstens: Überprüfen, ob Madame Grandmaison … Ja, die Frau des Reeders … Ob Madame Grandmaison wirklich im Auto nach Paris gefahren ist.

Zweitens: Ermitteln, ob ein Unbekannter im Büro oder im Haus von Grandmaison aufgetaucht ist.

Ja, das ist leicht, aber das ist noch nicht alles. Schreiben Sie auch mit?

Drittens: Alle Autowerkstätten der Stadt aufsuchen. Wie viele gibt es? … Etwa zwanzig? Moment, nur diejenigen, die Wagen vermieten, sind interessant. Beginnen Sie in der Bahnhofsgegend. Fragen Sie nach, ob jemand ein Auto mit oder ohne Chauffeur für eine Fahrt nach Paris gemietet hat. Oder wer vielleicht einen Gebrauchtwagen gekauft hat … Hallo! Warten Sie, verflucht noch mal! Dieser Jemand hat wahrscheinlich ein Fahrrad in Caen stehen lassen.

Ja, das ist alles. Haben Sie genug Männer, um das alles gleichzeitig zu machen? Gut! Sobald Sie irgendeine Auskunft haben, rufen Sie mich in der Seemannskneipe in Ouistreham an.«

Die Leute vom Hafen, die in dem überheizten

Schankraum ihren Aperitif tranken, hatten alles mit angehört, und als Maigret wieder hereinkam, waren die Gesichter ernst und angstvoll.

»Glauben Sie, dass mein Fahrrad …«, begann ein Schleusenarbeiter.

»Einen Grog«, sagte Maigret knapp.

Es war nicht mehr der Mann, der in den Tagen zuvor gutmütig lächelnd mit jedem getrunken hatte. Er schien sie alle kaum zu sehen, sie kaum wiederzuerkennen.

»Ist die Saint-Michel noch nicht aus Caen zurück?«

»Sie soll mit der Abendflut eintreffen. Aber vielleicht wird das Wetter sie am Auslaufen hindern.«

»Sturm?«

»Sieht jedenfalls ungemütlich aus. Der Wind dreht nach Norden, und das heißt nichts Gutes. Hören Sie das nicht?«

Wenn man die Ohren spitzte, vernahm man etwas wie ein Hämmern. Es waren die Wellen, die gegen die Pfähle der Mole schlugen. Der Wind zerrte an der Kneipentür.

»Sollte jemand für mich anrufen, holen Sie mich bitte. Ich bin auf der Straße, hundert Meter weiter oben.«

»Beim Haus des Bürgermeisters?«

Maigret hatte größte Mühe, sich draußen seine Pfeife anzustecken. Die dicken Wolken, die tief am Himmel segelten, schienen sich an die Wipfel der Pappeln zu klammern, die die Straße säumten. Nicht einmal aus fünf Meter Entfernung konnte man Lucas auf seiner Mauer sehen.

»Nichts Neues?«

»Sie spielen nicht mehr. Louis hat plötzlich die Steine auf dem Damebrett durcheinandergeworfen.«

»Was tun sie?«

»Der Bürgermeister sitzt halbausgestreckt in seinem Sessel. Der andere raucht Zigarren und trinkt Grog. Er hat bestimmt schon zehn Zigarren geköpft und den Bürgermeister dabei breit angegrinst, als wollte er ihn ärgern.«

»Wie viele Grogs hat er getrunken?«

»Fünf oder sechs.«

Maigret sah bloß den hellen Spalt in der Fassade. Bauarbeiter kamen von der Arbeit zurück, fuhren auf ihren Rädern ins Dorf. Dann ein Pferdekarren. Trotz der Dunkelheit sah der Bauer, dass da Leute waren. Er gab seinem Pferd die Peitsche und wandte sich noch ein paarmal ängstlich um.

»Und das Mädchen?«

»Nicht mehr zu sehen. Sie ist sicherlich in der Küche. Muss ich noch lange hier oben bleiben? Wenn ja, täten Sie gut daran, mir noch ein paar weitere Steine zu holen, damit ich nicht die ganze Zeit auf den Zehenspitzen stehen muss.«

Maigret schleppte welche herbei. Das Meer begann immer lauter zu tosen. Die Wogen erreichten jetzt bestimmt eine Höhe von zwei Metern, wenn sie sich schäumend am Strand brachen.

Beim Hafen wurde eine Tür geöffnet und wieder geschlossen. Es war die Tür der Seemannskneipe. Eine Gestalt erschien, jemand versuchte, im Dunkeln etwas zu sehen. Maigret eilte zu dem Mann.

»Ach, da sind Sie. Sie werden am Telefon verlangt.«

Das war schon der Anruf aus Caen.

»Hallo … Kommissar Maigret? … Wie haben Sie es erraten? Madame Grandmaison ist heute auf der Fahrt von Ouistreham nach Paris durch Caen gekommen. Sie hat ihre Tochter in die Obhut des Mädchens gegeben. Mittags ist sie dann weiter mit dem Wagen … Was den Unbekannten betrifft, hatten Sie recht. Wir mussten uns nur an einen einzigen Autohändler wenden, den gegenüber vom Bahnhof. Ein Mann ist auf dem Fahrrad gekommen und wollte einen Wagen ohne Chauffeur mieten. Man hat ihm geantwortet, darauf sei man nicht eingerichtet.

Er wirkte nervös. Er hat gefragt, ob er wenigstens ein schnelles, wenn möglich gebrauchtes Auto kaufen könne. Man hat ihm eins für zwanzigtausend Franc verkauft, und er hat sofort bezahlt. Ein gelber Sportwagen.«

»Weiß man, in welche Richtung er gefahren ist?«

»Der Mann hat sich nach der Straße nach Paris über Lisieux und Évreux erkundigt.«

»Rufen Sie die Polizei und die Gendarmerie in Lisieux, Évreux, Mantes, Saint-Germain an. Benachrichtigen Sie Paris, dass alle Ausfallstraßen bewacht werden müssen, vor allem die Porte Maillot.«

»Soll das Auto angehalten werden?«

»Ja. Und den Fahrer soll man verhaften. Haben Sie seine Personenbeschreibung?«

»Der Autohändler hat sie uns gegeben. Ein ziemlich großer Mann mittleren Alters in einem eleganten hellen Anzug.«

»Sobald Sie etwas Neues erfahren, rufen Sie mich wieder hier an.«

»Verzeihung, es ist gleich sieben … Danach kann man mit Ouistreham nicht mehr telefonieren. Es sei denn, Sie gingen zum Bürgermeister.«

»Wieso?«

»Weil er die Nummer 1 hat und nachts direkt mit Caen verbunden ist.«

»Schicken Sie jemand zur Post. Wenn der Bürgermeister telefonisch verlangt wird, soll das Gespräch abgehört werden … Haben Sie einen Wagen?«

»Einen kleinen.«

»Dann können Sie doch nach Ouistreham kommen, wenn Sie etwas Wichtiges in Erfahrung bringen. Sie finden mich weiter in der Seemannskneipe.«

Im Schankraum wagte Kapitän Delcourt zu fragen:

»Verfolgt man den Mörder?«

»Ich weiß es nicht.«

Diese Leute verstanden nicht, warum Maigret, der an den Tagen zuvor so freundlich und entgegenkommend gewesen war, sich jetzt so mürrisch, so abweisend zeigte.

Er ging hinaus, ohne ihnen das Geringste zu berichten.

Vor dem Haus von Kapitän Joris blieb er stehen, zögerte einen Augenblick und presste das Auge ans Schlüsselloch. Am Ende des Flurs sah er die Glastür zur Küche, die erleuchtet war, und hinter den Scheiben eine Gestalt, die zwischen Herd und Tisch hin- und herging.

Er klingelte. Julie blieb, eine Schüssel in der Hand, wie vom Schlag gerührt stehen, stellte dann aber die Schüssel ab, öffnete die Glastür und kam zum Eingang.

»Wer ist da?«, fragte sie ängstlich.

»Kommissar Maigret.«

Sie öffnete und trat zur Seite. Sie war nervös. Ihre Augen waren noch gerötet. Unaufhörlich blickte sie um sich.

»Kommen Sie herein. Ich bin froh, dass Sie da

sind. Wenn Sie wüssten, wie sehr ich mich fürchte, so ganz allein im Haus. Ich glaube, ich werde nicht hierbleiben.«

Er betrat die Küche, die so sauber und aufgeräumt war wie immer.

Auf dem mit weißem Wachstuch bespannten Tisch waren nur eine Tasse, Brot und Butter. Aus einem Topf auf dem Herd stieg ein süßlicher Duft auf.

»Schokolade?«, fragte er verwundert.

»Ich habe keine Lust, für mich allein zu kochen. Darum mache ich mir Schokolade.«

»Tun Sie, als ob ich nicht da wäre. Essen Sie.«

Sie zierte sich erst, dann fügte sie sich, füllte ihre Tasse mit Schokolade, brockte große Stücke von ihrem Butterbrot hinein und aß sie mit dem Löffel, wobei sie vor sich hin starrte.

»War Ihr Bruder noch nicht bei Ihnen?«

»Nein. Ich verstehe das alles nicht. Vorhin war ich beim Hafen, in der Hoffnung, ihn zu treffen. Wenn die Seeleute nichts zu tun haben, treiben Sie sich immer im Hafen herum.«

»Wussten Sie, dass Ihr Bruder mit dem Bürgermeister befreundet ist?«

Sie blickte ihn verblüfft an.

»Was sagen Sie da?«

»Er ist gerade bei ihm. Sie spielen Dame.«

Sie hielt das für einen Scherz, und als Maigret

ihr versicherte, es sei die reine Wahrheit, wirkte sie völlig verstört.

»Ich verstehe nicht …«

»Warum?«

»Weil der Bürgermeister eigentlich nicht mit kleinen Leuten verkehrt. Außerdem weiß ich, dass er Louis nicht ausstehen kann. Er hat schon ein paarmal versucht, ihm Scherereien zu machen. Er wollte ihm sogar die Aufenthaltserlaubnis verweigern.«

»Und wie stand er zu Kapitän Joris?«

»Was?«

»War Grandmaison mit dem Kapitän befreundet?«

»Er war freundlich zu ihm wie zu allen. Er scherzt gern herum, sagt ein paar Worte über den Regen oder das schöne Wetter, aber das ist schon alles. Manchmal, das habe ich Ihnen ja gesagt, nahm er meinen Herrn mit auf die Jagd … Aber nur, um nicht allein zu sein.«

»Haben Sie noch keinen Brief vom Notar bekommen?«

»Doch. Er hat mir mitgeteilt, dass ich Universalerbin bin. Was heißt das eigentlich? Stimmt es, dass ich das Haus erben werde?«

»Ja, und dreihunderttausend Franc dazu.«

Sie zuckte nicht einmal zusammen, aß einfach weiter, schüttelte dann den Kopf und murmelte:

»Das ist nicht möglich. Ich weiß genau, dass der

Kapitän nie dreihunderttausend Franc besessen hat.«

»Wo war sein Platz? Hat er in der Küche gegessen?«

»Ja. Er saß immer in dem Korbsessel, da wo Sie jetzt sitzen.«

»Aßen Sie zusammen?«

»Ja. Nur bin ich hin und wieder aufgestanden, um nach den Töpfen zu sehen oder um die Schüsseln zu bringen. Er hat gern Zeitung gelesen beim Essen. Manchmal hat er mir auch einen Artikel vorgelesen.«

Maigret wollte nicht sentimental werden. Aber die friedliche Atmosphäre berührte ihn. Die Wanduhr schien hier langsamer zu ticken als irgendwo sonst. Das Licht spiegelte sich auf dem Messingpendel. Der süßliche Geruch der Schokolade. Der Korbsessel, der bei der geringsten Bewegung knarzte. So war es wohl auch gewesen, als Kapitän Joris noch hier gesessen hatte.

Julie hatte Angst allein im Haus, und doch zögerte sie, es zu verlassen. Und Maigret verstand, dass dieses Haus etwas wie Heimat für sie bedeutete.

Sie stand auf und ging zur Tür. Er blickte ihr nach. Sie ließ die weiße Katze herein, die zu einer mit Milch gefüllten Schüssel vor dem Herd lief.

»Haben Sie mir wirklich nichts zu sagen, Julie?«

Sie sah ihn fragend an.

»Ich glaube, ich bin nahe daran, die Wahrheit zu entdecken. Ein Wort von Ihnen kann mir helfen. Darum frage ich Sie, ob Sie mir nichts anvertrauen möchten …«

»Ich schwöre Ihnen …«

»Über Kapitän Joris?«

»Nichts.«

»Über Ihren Bruder?«

»Nichts … Ich schwöre Ihnen …«

»Über jemanden, der vielleicht hier gewesen ist und den Sie nicht kennen?«

»Ich verstehe nicht.«

Sie löffelte weiter ihren süßen Brei, dessen Anblick allein Maigret den Magen umdrehte.

»Nun gut, ich lasse Sie jetzt allein.«

Das war ihr sichtlich gar nicht recht. Ihr graute vor dem Alleinsein. Eine Frage brannte ihr auf den Lippen.

»Sagen Sie, man kann doch nicht so lange mit der Beerdigung warten. Ein Toter …«

»Er liegt auf Eis«, antwortete er verlegen.

Es überlief sie kalt.

»Bist du da, Lucas?«

Es war so dunkel, dass man nichts mehr sah. Der Sturm übertönte alle anderen Geräusche. Im Hafen warteten die Männer, jeder auf seinem Posten, auf das Einlaufen eines Schiffs aus Glasgow, das man bereits pfeifen hörte und das falsch manövriert hatte.

»Ja.«

»Was tun sie?«

»Essen. Würd ich jetzt auch gern. Krebse, Muscheln, Omelett und etwas, das wie kalter Kalbsbraten aussieht.«

»Sitzen sie noch am selben Tisch?«

»Ja. Und Grand-Louis hat immer noch beide Ellbogen aufgestützt.«

»Sprechen sie?«

»Kaum. Hin und wieder bewegen sie die Lippen, aber sie scheinen sich nicht viel zu sagen zu haben.«

»Trinken sie?«

»Louis, ja. Da stehen zwei Flaschen Wein, alte Flaschen. Der Bürgermeister schenkt seinem Besucher ständig nach.«

»Als wollte er ihn betrunken machen?«

»Ja. Das Mädchen benimmt sich komisch. Wenn sie hinter Louis vorbeimuss, macht sie einen großen Bogen, damit sie ihn ja nicht berührt.«

»Ist Grandmaison noch mal angerufen worden?«

»Nein. Jetzt putzt sich Louis gerade mit seiner Serviette die Nase und steht auf. Warten Sie! Er holt sich eine Zigarre. Die Kiste steht auf dem Kamin. Er reicht sie dem Bürgermeister, aber der schüttelt den Kopf. Das Mädchen bringt den Käse.«

Und klagend fügte Lucas hinzu:

»Wenn ich mich wenigstens hinsetzen könnte! Meine Füße sind zu Eis erstarrt. Ich mag mich kaum bewegen, aus lauter Angst, von der Mauer zu fallen.«

Aber das genügte nicht, um Maigret mitleidig zu stimmen, der selbst bestimmt schon hundert Mal in so einer Situation gewesen war.

»Ich bringe dir was zu essen und zu trinken.«

Man hatte für ihn im Hôtel de l'Univers gedeckt, aber er aß nur schnell im Stehen ein Stück Pastete und Brot. Dann belegte er ein Sandwich für seinen Kollegen und nahm auch die angebrochene Flasche Bordeaux mit.

»Und da habe ich Ihnen eine Bouillabaisse gemacht, wie Sie in ganz Marseille keine kriegen«, lamentierte der Wirt.

Aber den Kommissar ließ das kalt. Er kehrte zu der Mauer zurück und stellte zum zehnten Mal dieselbe Frage:

»Was tun sie?«

»Das Mädchen hat den Tisch abgeräumt. Der Reeder raucht eine Zigarre nach der anderen. Louis sieht aus, als würde er gleich einschlafen. Er hat immer noch seine Zigarre im Mund, aber ich sehe keinen Rauch.«

»Hat man ihm noch mehr zu trinken gegeben?«

»Ein volles Glas, aus der Flasche, die auf dem Kamin stand.«

»Armagnac«, murmelte Maigret.

»Ach, da geht eine Lampe im zweiten Stock an. Das Mädchen geht wohl zu Bett. Der Bürgermeister erhebt sich. Er …«

Von der Seemannskneipe hallten laute Stimmen herüber. Motorenlärm.

»Hundert Meter von hier? Im Haus?«

»Nein, gegenüber.«

Maigret ging dem Wagen entgegen, der die Straße heruntergefahren kam.

Er hielt ihn in einiger Entfernung von der Villa des Bürgermeisters an, damit dieser nicht gewarnt wurde. Maigret erkannte Uniformen.

»Neuigkeiten?«

»Évreux hat gemeldet, dass man den Mann mit dem gelben Wagen erwischt hat.«

»Wer ist es?«

»Warten Sie! Er hat gedroht, sich an seine Botschaft zu wenden.«

»Ein Ausländer?«

»Norweger. Évreux hat uns seinen Namen telefonisch mitgeteilt, aber wir haben ihn nicht richtig verstanden. Martineau. Oder: Motineau. Seine Papiere scheinen in Ordnung zu sein. Die Gendarmerie fragt, was sie mit ihm machen sollen.«

»Man soll ihn mit dem gelben Wagen herbringen. Einer der Gendarmen kann ja bestimmt Auto fahren. Fahren Sie nach Caen zurück. Versuchen Sie herauszubekommen, wo Madame Grandmaison absteigt, wenn sie in Paris ist.«

»Das hat man uns schon vorhin gesagt. Im Hôtel de Lutèce am Boulevard Raspail.«

»Rufen Sie von Caen aus an, um in Erfahrung zu bringen, ob sie schon eingetroffen ist und was sie tut. Wenn sie dort ist, bitten Sie die Kriminalpolizei in meinem Auftrag, einen Inspektor ins Hotel zu schicken. Der soll sie unauffällig beschatten.«

Der Fahrer konnte auf der engen Straße kaum wenden. Maigret ging zu Lucas' Mauer, aber der war gerade im Begriff herunterzusteigen.

»Was tust du?«

»Es gibt nichts mehr zu sehen.«

»Sind sie weggegangen?«

»Nein. Aber der Bürgermeister hat die Vorhänge ganz zugezogen.«

In hundert Meter Entfernung sah man das Schiff aus Glasgow langsam in die Schleuse einfahren und hörte auf Englisch gegebene Befehle.

Ein heftiger Windstoß riss dem Kommissar den Hut vom Kopf.

Das Licht im zweiten Stock erlosch. Pechschwarz erhob sich die Fassade der Villa in der Dunkelheit.

8

Die Ermittlungen des Bürgermeisters

Maigret stand mit besorgter Miene, beide Hände in den Taschen, mitten auf der Straße.

»Sind Sie beunruhigt?«, fragte Lucas, der seinen Chef kannte.

Ihm selbst ging es wohl nicht anders, denn er blickte missmutig zu der Villa hin.

»Dort drin müsste man sein«, brummte der Kommissar und betrachtete dabei ein Fenster nach dem anderen.

Aber sie waren alle geschlossen. Es gab keine Möglichkeit, sich Zutritt zu verschaffen. Maigret ging leise zur Tür und beugte sich vor, um zu horchen. Er machte Lucas ein Zeichen, keinen Laut von sich zu geben, und schließlich legten beide das Ohr an die Eichentür.

Man hörte keine Stimme, kein Wort wurde gesprochen. Dagegen vernahm man dumpfe rhythmische Schläge aus dem Arbeitszimmer.

Prügelten sich die beiden Männer? Unwahrscheinlich, dann wären die Geräusche weniger regelmäßig gewesen. Zwei Männer, die sich schlagen, gehen aufeinander zu, stoßen Möbelstücke um, ringen miteinander, und die Schläge folgen mal schneller, mal langsamer.

Das hier klang wie ein Hämmern. Und man meinte sogar das Keuchen desjenigen zu hören, der zuschlug, und das Stöhnen des anderen.

Maigret blickte Lucas an, zeigte auf das Schloss, und der Inspektor verstand und zog ein Bündel Dietriche aus seiner Tasche.

»Aber leise.«

Drinnen war es wieder still geworden. Eine Stille, die von Angst erfüllt war. Keine Schläge mehr, keine Schritte. Nur ganz schwach der pfeifende Atem eines Mannes, der am Ende seiner Kräfte ist.

Ein Zeichen von Lucas, und die Tür öffnete sich. Links aus dem Arbeitszimmer fiel Licht in die Diele. Maigret zuckte mit den Schultern. Er überschritt seine Befugnisse, er überschritt sie sogar gewaltig, noch dazu bei einer mürrischen Amtsperson wie dem Bürgermeister von Ouistreham. Aber was half's?

Jetzt hörte er deutlich jemanden atmen, aber nichts rührte sich. Lucas hatte die Hand am Revolver. Maigret riss die Tür auf.

Er blieb stehen, verlegen, enttäuscht, wie er es selten gewesen war. Hatte er damit gerechnet, ein weiteres Drama zu entdecken?

Aber das hier war etwas ganz anderes. Und äußerst irritierend! Monsieur Grandmaison stand da, mit gespaltener Lippe, Kinn und Hausmantel blutverschmiert, das Haar zerzaust, benommen, wie ein Boxer, der sich nach einem K. o. wieder erhebt.

Er konnte übrigens kaum aufrecht stehen, kippte nach hinten – ein Wunder, dass er nicht hinfiel – und stützte sich am Kamin ab.

Zwei Schritte von ihm Grand-Louis, die Kleidung verrutscht, die noch geballten Fäuste voller Blut – dem Blut des Bürgermeisters!

Es war Grand-Louis' Keuchen gewesen, das man von draußen gehört hatte. Er war es, der völlig außer Atem war, sicherlich, weil er so heftig zugeschlagen hatte. Sein Atem roch nach Alkohol. Die Gläser auf dem Tisch waren umgestoßen.

Die beiden Polizeibeamten waren so verblüfft und die zwei anderen Männer so bestürzt, dass eine lange Minute verstrich, ohne dass ein Wort gesprochen wurde.

Dann wischte Monsieur Grandmaison sich Lippe und Kinn mit einem Zipfel seines Hausmantels und stammelte:

»Was … was ist …«

»Entschuldigen Sie bitte«, sagte Maigret höflich, »dass wir bei Ihnen eingedrungen sind. Ich habe Geräusche gehört. Die Tür war nicht abgeschlossen.«

»Das ist nicht wahr!«

Der Bürgermeister hatte seine Energie wiedergefunden.

»Jedenfalls bin ich froh, dass ich rechtzeitig gekommen bin, um Sie zu schützen und …«

Ein Blick zu Grand-Louis, der nicht im Geringsten verlegen war, ja sogar ein merkwürdiges Lächeln aufsetzte, als er sah, wie der Bürgermeister reagierte.

»Ich brauche keinen Schutz!«

»Immerhin hat dieser Mann Sie angegriffen.«

Vor dem Spiegel brachte Monsieur Grandmaison seine Kleider ein wenig in Ordnung und sah zu seinem Verdruss, dass er immer noch blutete. Und in diesem Augenblick spiegelte sich in seinem Gesicht ein eigenartiger, verwirrender Kampf zwischen Kraft und Schwäche, Selbstvertrauen und Unsicherheit.

Das Veilchen, die Prellungen, die blutenden Wunden nahmen seinem Gesicht etwas von dem Pausbäckigen, das er sonst an sich hatte. Sein Blick war verhangen.

Doch erstaunlich schnell fasste er sich wieder und bot den beiden Polizisten erneut die Stirn, als er, noch immer an den Kamin gelehnt, sagte:

»Ich nehme an, Sie haben die Tür aufgebrochen.«

»Wir wollten Ihnen zu Hilfe eilen.«

»Das stimmt nicht. Sie wussten ja nicht, ob ich in Gefahr war. Und ich war nicht in Gefahr!«

Die letzten Worte betonte er.

Maigret musterte Grand-Louis von Kopf bis Fuß.

»Ich hoffe trotzdem, dass Sie mir erlauben, diesen Herrn mitzunehmen?«

»Auf gar keinen Fall!«

»Er hat Sie geschlagen, ziemlich brutal.«

»Wir hatten eine Auseinandersetzung. Das geht nur mich etwas an.«

»Ich habe allen Grund zu glauben, dass Sie heute Morgen, als Sie ein bisschen zu schnell die Treppe hinuntergingen, auf ihn gefallen sind …«

Schade, dass man Grand-Louis' Lächeln nicht fotografieren konnte. Er strahlte förmlich. Nur langsam kam er wieder zu Atem, aber er hatte nichts von dem verpasst, was sich hier abspielte. Und diese Szene schien ihm großes Vergnügen zu bereiten. Er genoss sie förmlich.

»Ich habe Ihnen bereits gesagt, Monsieur Maigret, dass ich meinerseits Ermittlungen anstelle.

Ich kümmere mich nicht um Ihre Untersuchung, also mischen Sie sich bitte nicht in meine ein. Und wundern Sie sich nicht, wenn ich Anzeige wegen Hausfriedensbruchs erstatte.«

Schwer zu sagen, ob das nun komisch oder tragisch war. Er wollte würdevoll auftreten, aber seine Lippe blutete, sein Gesicht war grün und blau geschlagen, sein Hausmantel zerknittert. Die vorangegangene Szene ließ sich leicht rekonstruieren:

Der ehemalige Sträfling hatte mit den Fäusten so heftig auf ihn eingeschlagen, bis er selbst am Ende seiner Kraft war.

»Bitte entschuldigen Sie, Herr Bürgermeister, wenn ich nicht sofort gehe. Da Sie der Einzige in Ouistreham sind, der nachts telefonisch erreichbar ist, erlaube ich mir, Ihr Telefon zu benutzen.«

»Machen Sie die Tür zu«, antwortete Monsieur Grandmaison nur kühl.

Denn sie stand noch auf.

»Würdest du mich bitte mit Caen verbinden, Lucas?«

Er beobachtete den Bürgermeister, dann Louis, dann wieder den Bürgermeister. Und es fiel ihm schwer, sich auf all das einen Reim zu machen.

Auf den ersten Blick war es zum Beispiel Monsieur Grandmaison, der von den beiden Männern nicht nur physisch, sondern auch psychisch schwächer wirkte.

Er war geschlagen worden und dann in der demütigendsten Lage, die man sich denken konnte, überrascht worden.

Aber in wenigen Minuten hatte er seine Selbstsicherheit wiedergewonnen. Er war jetzt fast ruhig und blickte hochmütig um sich.

Grand-Louis' Rolle war leichter zu beurteilen. Er war der Überlegene. Er war nicht verletzt, hatte nicht einen blauen Fleck. Eben noch hatte sein Lächeln eine geradezu kindliche Freude verraten.

Aber jetzt war ihm weniger wohl zumute, und er wusste nicht, was er tun noch wohin er blicken sollte.

Und Maigret fragte sich, wer von den beiden das Sagen hatte. Grandmaison? In manchen Augenblicken ja, in anderen aber war es Louis. Maigret kam zu keinem Schluss.

»Hallo! Die Polizei in Caen? … Kommissar Maigret bittet mich, Ihnen zu sagen, dass er die ganze Nacht im Haus des Bürgermeisters sein wird … Ja … Rufen Sie die Nummer 1 an … Hallo! Gibt es Neuigkeiten? … Schon in Lisieux? Danke … Ja.«

Und zu seinem Chef:

»Das Auto ist soeben durch Lisieux gekommen. In fünfundvierzig Minuten ist er hier.«

»Habe ich richtig gehört, dass Sie …«, begann der Bürgermeister.

»Dass ich die ganze Nacht hierbleibe, ja. Mit Ihrer Erlaubnis natürlich. Sie haben mir schon zweimal von Ihren eigenen Ermittlungen erzählt, und da halte ich es für das Beste, wenn wir unserer beider Ergebnisse zusammentragen, sofern Sie nichts dagegen haben.«

Maigret war nicht ironisch. Er war wütend. Wütend über die peinliche Lage, in die er sich gebracht hatte. Wütend darüber, dass er sich nicht mehr zurechtfand.

»Würden Sie mir bitte erklären, Grand-Louis, warum Sie den Herrn Bürgermeister geschlagen haben, als wir gerade hereinkamen?«

Aber Louis antwortete nicht und blickte Grandmaison an, als wollte er sagen:

»Reden Sie!«

Und Grandmaison sagte kühl:

»Das ist meine Sache.«

»Natürlich. Jeder hat das Recht, sich schlagen zu lassen, wenn's ihm gefällt«, brummte Maigret, dessen Laune immer schlechter wurde.

»Verbinde mich mit dem Hôtel de Lutèce, Lucas.«

Das saß. Monsieur Grandmaison öffnete den Mund, um etwas zu sagen. Seine Hand verkrampfte sich auf dem Marmorsims des Kamins.

Lucas sprach ins Telefon.

»Drei Minuten? Danke ... Ja.«

Und Maigret sagte laut:

»Finden Sie nicht, dass diese Untersuchung eine merkwürdige Wendung nimmt? Übrigens, Monsieur Grandmaison, Sie können mir vielleicht einen Dienst erweisen. Als Reeder kennen Sie doch sicher Leute aus vielen verschiedenen Ländern. Haben Sie von einem gewissen ... Moment ... einem gewissen Martineau oder Motineau aus Bergen oder Trondheim gehört? Jedenfalls ein Norweger.«

Schweigen! Der Ausdruck in Louis' Augen war hart geworden. Mechanisch nahm er eins der umgestürzten Gläser vom Tisch und schenkte sich ein.

»Schade, dass Sie ihn nicht kennen. Er kommt nachher.«

Das war alles. Es lohnte nicht, auch nur ein Wort hinzuzufügen. Keiner würde mehr antworten. Keiner würde auch nur zusammenzucken. Man merkte es ihnen deutlich an.

Monsieur Grandmaison hatte die Taktik geändert. Immer noch am Kamin lehnend – das Feuer hinter ihm musste ihm die Waden versengen –, blickte er so gleichgültig wie möglich zu Boden.

Ein merkwürdiges Gesicht, voller blauer Flecken, das Kinn blutig. Eine Mischung aus konzentrierter Energie und Panik oder auch Schmerz.

Louis hatte sich rittlings auf einen Stuhl gesetzt. Nachdem er drei- oder viermal gegähnt hatte, schien er einzuschlafen.

Das Telefon klingelte. Maigret nahm hastig den Hörer ab.

»Hallo! Hôtel de Lutèce? Hallo … Trennen Sie nicht. Geben Sie mir bitte Madame Grandmaison. Ja, sie muss heute Abend oder heute Nachmittag bei Ihnen eingetroffen sein. Ja, ich warte.«

»Sie haben doch wohl nicht die Absicht«, sagte der Bürgermeister mit matter Stimme, »meine Frau in Ihr seltsames Tun hineinzuziehen?«

Keine Antwort. Maigret wartete, den Hörer am Ohr.

»Hallo! ... Ja ... Was sagen Sie? Sie ist schon wieder abgereist? Einen Moment, gehen wir der Reihe nach vor. Wann ist die Dame eingetroffen? ... Um sieben? Sehr gut! Mit ihrem Wagen und ihrem Chauffeur? ... Sie sagen, sie hat im Hotel zu Abend gegessen und ist dann am Telefon verlangt worden? ... Sie ist sofort aufgebrochen? ... Danke ... Nein, das genügt.«

Niemand rührte sich. Maigret hängte ein und nahm den Hörer gleich wieder ab.

»Hallo! Das Postamt in Caen? ... Polizei. Würden Sie mir bitte sagen, ob von dieser Nummer aus schon mit der Nummer in Paris telefoniert worden ist, mit der ich gerade verbunden war? ... Ja? ... Vor etwa einer Viertelstunde? ... Das Hôtel de Lutèce, nicht wahr? ... Ich danke Ihnen.«

Seine Stirn war mit Schweiß bedeckt. Er stopfte sich langsam eine Pfeife.

»Sie sind sich wohl darüber klar, Kommissar, dass alles, was Sie im Augenblick tun, ungesetzlich ist. Sie sind gewaltsam hier eingedrungen. Und Sie bleiben, ohne dass man Sie dazu aufgefordert hat. Sie wagen es, meine Familie in Schrecken zu versetzen, und behandeln mich obendrein vor einem Dritten wie einen Schuldigen. Für all das werden Sie sich verantworten müssen.«

»Verstanden.«

»Da ich hier, in meinem eigenen Haus, nichts mehr zu sagen habe, bitte ich Sie um die Erlaubnis, schlafen gehen zu dürfen.«

»Nein.«

Und Maigret lauschte auf ein fernes Motorengeräusch.

»Öffne ihnen die Tür, Lucas.«

Mechanisch warf er eine Schaufel voll Kohlen ins Feuer und wandte sich genau in dem Augenblick um, als neue Leute den Raum betraten.

Es waren zwei Gendarmen aus Évreux, zwischen ihnen ein Mann in Handschellen.

»Lassen Sie uns allein«, sagte Maigret zu den Gendarmen, »oder vielmehr, warten Sie in der Kneipe an der Ecke auf mich. Wenn's sein muss, die ganze Nacht.«

Der Bürgermeister und Grand-Louis hatten sich nicht gerührt. Man konnte glauben, sie hätten nichts gesehen oder wollten nichts sehen. Der Mann in Handschellen war die Ruhe selbst, und beim Anblick des zerschundenen Gesichts von Monsieur Grandmaison huschte ein Lächeln über seine Lippen.

»Mit wem soll ich sprechen?«, fragte er, in die Runde blickend.

Maigret zuckte mit den Schultern, als wollte er sagen, die Gendarmen seien übereifrig gewesen, zog einen kleinen Schlüssel aus der Tasche und öffnete die Handschellen.

»Ich danke Ihnen. Ich war ziemlich erstaunt darüber, dass …«

Maigret fuhr ihn an:

»Worüber? Dass man Sie verhaftet hat? Waren Sie wirklich darüber erstaunt?«

»Nun ja, ich warte immer noch darauf zu erfahren, was man mir vorwirft.«

»Genügt es nicht, dass Sie ein Fahrrad gestohlen haben?«

»Verzeihung, geliehen. Der Autohändler, bei dem ich den Wagen gekauft habe, kann Ihnen das bestätigen. Ich habe ihm das Fahrrad mit dem Auftrag gegeben, es nach Ouistreham zu schicken und dem Besitzer eine Entschädigung zu zahlen.«

»Sieh mal einer an! Übrigens, Sie sind ja gar kein Norweger.«

Weder seine Aussprache noch sein Äußeres sprachen dafür. Er war groß, gut gebaut und noch jung. Seine elegante Kleidung war ein wenig zerknittert.

»Verzeihung, ich bin nicht Norweger von Geburt, aber ich habe die norwegische Staatsangehörigkeit.«

»Und Sie wohnen in Bergen?«

»In Tromsø.«

»Sind Sie Kaufmann?«

»Ich besitze eine Fabrik, in der Kabeljauabfälle verarbeitet werden.«

»Zum Beispiel Rogen?«

»Rogen und alles Übrige. Aus den Köpfen und Lebern wird Öl gemacht und aus den Gräten Dünger.«

»Sehr gut. Sehr gut. Nun müssen wir nur noch wissen, was Sie in der Nacht vom 16. auf den 17. September in Ouistreham gemacht haben.«

Der Mann sah sich gelassen um und sagte:

»Ich war nicht in Ouistreham.«

»Wo waren Sie?«

»Und Sie?« Mit einem Lächeln fügte er hinzu: »Ich meine, könnten Sie ohne Weiteres sagen, was Sie an dem und dem Tag, zu der und der Stunde getan haben, und das nach über einem Monat?«

»Waren Sie in Norwegen?«

»Wahrscheinlich.«

»Hier!«

Und Maigret reichte ihm den goldenen Füllfederhalter. Der Norweger steckte ihn ganz selbstverständlich in die Tasche und bedankte sich.

Ein attraktiver Mann, wirklich, im selben Alter wie der Bürgermeister, genauso groß wie er, aber schlanker, agiler. Er hatte sehr lebhafte dunkle Augen, und das Lächeln auf seinen dünnen Lippen verriet großes Selbstvertrauen.

Die Fragen des Kommissars beantwortete er

höflich und freundlich: »Ich nehme an, es handelt sich um einen Irrtum, und ich wäre froh, wenn ich meine Fahrt nach Paris fortsetzen könnte.«

»Ich habe da noch eine Frage: Wo haben Sie Grand-Louis kennengelernt?«

Entgegen aller Erwartung Maigrets blickte der Norweger nicht zu Louis hin.

»Grand-Louis?«, wiederholte er.

»Haben Sie Joris auf seinen Reisen als Kapitän kennengelernt?«

»Verzeihung, ich verstehe nicht ...«

»Natürlich nicht. Und wenn ich Sie frage, warum Sie lieber an Bord eines alten Baggerschiffs als im Hotel geschlafen haben, dann werden Sie mich mit großen Augen ansehen.«

»Was würden Sie denn an meiner Stelle ...«

»Und doch sind Sie gestern mit der Saint-Michel nach Ouistreham gekommen. Vor der Einfahrt in den Hafen sind Sie in das Beiboot gestiegen. Die Nacht haben Sie auf dem Baggerschiff verbracht. Heute Nachmittag sind Sie um die Villa hier herumgeschlichen, haben sich dann ein Fahrrad geliehen und sind nach Caen gefahren. Dort haben Sie sich ein Auto gekauft, damit wollten Sie nach Paris. Hatten Sie vor, Madame Grandmaison im Hôtel de Lutèce zu treffen? In dem Fall können Sie sich die Fahrt sparen. Wenn ich mich nicht sehr täusche, wird sie noch heute Nacht hier eintreffen.«

Schweigen. Der Bürgermeister hatte sich in eine Statue verwandelt, sein Blick war so starr, als wäre alles Leben aus ihm gewichen. Grand-Louis kratzte sich am Kopf und gähnte, er, der als Einziger immer noch saß.

»Heißen Sie Martineau?«

»Ja, Jean Martineau.«

»Nun, Monsieur Jean Martineau, denken Sie einmal nach! Überlegen Sie, ob Sie mir wirklich nichts zu sagen haben. Gut möglich, dass einer der hier Anwesenden eines Tages vor dem Schwurgericht landet.«

»Ich habe Ihnen tatsächlich nichts zu sagen, möchte Sie aber um die Erlaubnis bitten, meinen Konsul benachrichtigen zu dürfen, damit er das Notwendige veranlasst.«

Alle beide! Monsieur Grandmaison hatte mit einer Anzeige gedroht, und Martineau wollte das Gleiche tun. Nur Grand-Louis fand sich offenbar mit allem ab, wenn er nur etwas zu trinken bekam.

Man hörte das Tosen des Sturms, der bei Hochflut seinen Höhepunkt erreichte.

Lucas' Miene war beredt. Zweifellos dachte er:

»Da sitzen wir aber schön in der Patsche! Hoffentlich fällt uns bald was ein!«

Maigret ging auf und ab, zog grimmig an seiner Pfeife.

»Kurzum, Sie wissen beide nicht, was Kapitän

Joris zugestoßen ist, und auch nichts über seinen Tod.«

Sie schüttelten den Kopf. Schweigen. Maigret blickte immer wieder zu Martineau hin.

Dann hörte man draußen hastige Schritte, und jemand klopfte erregt an die Tür. Nach kurzem Zögern lief Lucas hinaus und öffnete. Jemand kam hereingelaufen: Julie, ganz außer Atem, begann keuchend:

»Herr Kommissar … Mein … mein Bruder …«

Und im selben Augenblick verstummte sie und blieb fassungslos vor Grand-Louis stehen, der sich erhob, in voller Größe aufrichtete.

»Ihr Bruder?«, fragte Maigret.

»Nichts … Ich …«

Sie versuchte zu lächeln, kam wieder zu Atem, und als sie ein paar Schritte zurücktrat, stieß sie gegen Martineau, drehte sich zu ihm um und stammelte:

»Verzeihung, Monsieur …«

Anscheinend kannte sie ihn nicht.

Der Wind fegte durch die Haustür herein, die zu schließen man vergessen hatte.

9
Die Verschwörung des Schweigens

Stockend erklärte Julie:

»Ich war ganz allein im Haus … Ich hatte Angst … Ich hatte mich hingelegt, in Kleidern. Es hat laut an der Tür geklopft … Es war Lannec, der Kapitän meines Bruders.«

»Ist die Saint-Michel zurück?«

»Sie war in der Schleuse, als ich vorbeikam. Lannec wollte meinen Bruder sofort sehen. Anscheinend wollen sie schnell wieder weg. Ich habe ihm gesagt, Louis sei gar nicht bei mir gewesen, und er hat irgendetwas vor sich hin gebrummt. Da habe ich Angst bekommen.«

»Warum sind Sie hergekommen?«, fragte Maigret.

»Ich habe ihn gefragt, ob Louis in Gefahr sei. Er sagte Ja, und dass es vielleicht schon zu spät sei … Da habe ich mich im Hafen erkundigt, und man hat mir gesagt, Sie sind hier.«

Grand-Louis blickte gelangweilt zu Boden und zuckte mit den Schultern, wie um zu sagen:

»Frauen … Wegen nichts und wieder nichts regen die sich auf.«

»Sind Sie in Gefahr?«, fragte ihn Maigret.

Grand-Louis lachte. Ein grobes Lachen, noch blöder als sonst.

»Warum ist Lannec beunruhigt?«

»Was weiß ich?«

Und zu allen gewandt, sagte Maigret nachdenklich und mit leisem Groll:

»Sie wissen also alle nichts. Sie, Herr Bürgermeister, kennen Monsieur Martineau nicht und wissen nicht, warum Grand-Louis, den Sie wie einen Freund empfangen, mit dem Sie Dame gespielt haben und der an Ihrem Tisch gegessen hat, Ihnen plötzlich Faustschläge versetzt.«

Keine Antwort.

»Was sage ich? Sie stecken diese Schläge ein, als wäre nichts dabei. Sie wehren sich nicht. Sie weigern sich, Anzeige zu erstatten, verhindern sogar, dass Grand-Louis vor die Tür gesetzt wird.«

Und zu Grand-Louis:

»Und Sie wissen auch nichts. Sie schlafen auf dem Baggerschiff, aber Sie wissen nicht, wer da noch an Bord ist. Sie werden hier freundlich aufgenommen und bedanken sich für die Gastfreundschaft, indem Sie dem Hausherrn eine ordentliche Tracht Prügel verpassen. Und Monsieur Martineau haben Sie nie gesehen …«

Kein Zusammenzucken. Alle starrten unverwandt auf den Boden.

»Und Sie, Monsieur Martineau, wissen auch nicht mehr. Wissen Sie denn wenigstens, wie Sie von Norwegen nach Frankreich gekommen sind? Nein? … Sie ziehen eine Koje auf einem stillgelegten Baggerschiff einem Hotelbett vor. Sie radeln davon und kaufen sich ein Auto, um nach Paris zu fahren … Aber Sie wissen nichts! Sie kennen weder Monsieur Grandmaison noch Louis, noch Kapitän Joris … Und Sie, Julie, wissen natürlich noch weniger als die anderen …«

Er sah Lucas entmutigt an, und Lucas verstand. Undenkbar, sie alle zu verhaften. Jedem konnte man seltsames Verhalten, Lügen oder widersprüchliche Aussagen vorhalten.

Juristisch belangen konnte man keinen von ihnen!

Die Uhr zeigte elf. Maigret klopfte seine Pfeife im Kamin aus und fuhr dann mürrisch fort:

»Ich muss Sie alle bitten, sich der Polizei zur Verfügung zu halten. Trotz Ihrer Unwissenheit werde ich Sie um weitere Auskünfte bitten müssen. Ich nehme an, Herr Bürgermeister, Sie haben nicht die Absicht, Ouistreham zu verlassen.«

»Nein.«

»Ich danke Ihnen. Sie, Monsieur Martineau, können sich ein Zimmer im Hôtel de l'Univers nehmen. Da wohne ich auch.«

Der Norweger verneigte sich.

»Bring den Herrn ins Univers, Lucas!«

Und zu Grand-Louis und Julie gewandt:

»Sie beide, Sie kommen mit mir!«

Er entließ die Gendarmen, die noch vor dem Haus warteten, und sah Lucas mit Martineau Richtung Hotel gehen, wo der Wirt schon darauf wartete, sich hinlegen zu können.

Julie hatte das Haus verlassen, ohne den Mantel anzuziehen, und als ihr Bruder sah, dass sie vor Kälte zitterte, zog er seine Jacke aus und legte sie ihr, obschon sie sich sträubte, um die Schultern.

Bei dem heftigen Sturm war es fast unmöglich, sich zu unterhalten. Beim Gehen musste man sich vorbeugen. Der Wind pfiff einem um die Ohren und ins Gesicht, so eisig, dass die Augen schmerzten.

Am Hafen sah man die erleuchtete Seemannskneipe, wo sich die Schleusenarbeiter zwischen zwei Durchschleusungen bei einem dampfenden Grog aufwärmten.

»Ist das die Saint-Michel?«, fragte Maigret.

Ein Segelschiff fuhr aus der Schleuse in den Vorhafen, aber es wirkte viel höher als der Schoner, den Maigret kannte.

»Keine Ladung«, murmelte Louis.

Das hieß, dass die Saint-Michel ihre Ladung in Caen gelöscht hatte und jetzt leer fuhr, um woanders neue Fracht zu laden.

Sie waren fast bei Joris' kleinem Haus angelangt, als sich ihnen eine Gestalt näherte. Erst als der Mann dicht vor ihnen stand, war sein Gesicht zu erkennen. Eine nicht sehr feste Stimme sagte zu Grand-Louis:

»Ach, da bist du ja. Beeil dich! Wir wollen weiter.«

Maigret musterte den kleinen bretonischen Kapitän und blickte dann hinaus aufs tosende Meer.

Die Saint-Michel lag festgemacht in der Finsternis. Eine einzige Lampe brannte an Deck.

»Sie wollen weiterfahren?«, fragte der Kommissar.

»Ja, natürlich.«

»Wohin?«

»Wein laden, in La Rochelle.«

»Brauchen Sie Grand-Louis unbedingt?«

»Wenn Sie glauben, dass man bei solchem Wetter zu zweit mit dem Schiff fertigwird.«

Julie fror. Sie hörte dem Gespräch zu und stampfte mit den Füßen, um sich zu wärmen. Ihr Bruder sah abwechselnd zu Maigret und zu dem Schiff, dessen Masten ächzten.

»Gehen Sie an Bord und warten Sie dort auf mich«, sagte der Kommissar zu Lannec.

»Ja, aber …«

»Was?«

»In zwei Stunden haben wir nicht mehr genug Wasser, um rausfahren zu können.«

Und dumpfe Angst spiegelte sich in seinen Augen. Man sah ihm deutlich an, dass ihm nicht wohl zumute war.

»Ich muss meinen Lebensunterhalt verdienen!«

Und er und Louis wechselten Blicke, deren Bedeutung Maigret nur allzu klar war. In manchen Momenten ist die Intuition stärker als sonst.

Der kleine Kapitän war nervös. Er schien sagen zu wollen:

»Das Schiff ist ganz in der Nähe, nur mit einer Trosse festgemacht … Ein Faustschlag ins Gesicht, und wir könnten …«

Grand-Louis zögerte, blickte seine Schwester traurig an, seufzte, schüttelte den Kopf.

»Gehen Sie an Bord und warten Sie dort auf mich«, wiederholte Maigret.

»Aber …«

Der Kommissar antwortete nicht und machte den beiden anderen ein Zeichen, ihm ins Haus zu folgen.

Es war das erste Mal, dass Maigret mit Bruder und Schwester allein war.

Sie saßen in der Küche von Kapitän Joris, in der es wohlig warm war.

Der Herd zog stark, und das Knistern glich manchmal einer kleinen Detonation.

»Geben Sie uns etwas zu trinken«, sagte der

Kommissar zu Julie, und sie holte aus dem Wandschrank eine Karaffe mit Schnaps und verzierte Gläser.

Er spürte, dass er hier störte. Julie hätte viel darum gegeben, mit ihrem Bruder allein zu sein. Der Grobian folgte jeder ihrer Bewegungen mit den Augen, und es war unverkennbar, dass er große Zuneigung für sie empfand.

»Auf Kapitän Joris«, sagte Maigret und hob sein Glas.

Langes Schweigen. Maigret war das nur recht. Er gab den beiden die Zeit, die warme, friedliche Atmosphäre der Küche in sich aufzunehmen.

Allmählich klang das Knistern des Feuers im Herd wie Musik, die Wanduhr tickte dazu. Nach dem Sturm draußen stieg ihnen nun das Blut in die Wangen, und die Augen begannen zu glänzen. Der säuerliche Geruch von Calvados lag in der Luft.

»Kapitän Joris ...«, sagte Maigret versonnen. »Ich sitze hier übrigens an seinem Platz, in seinem Sessel ... Ein Korbsessel, der bei jeder Bewegung knarzt. Wenn er noch lebte, würde er jetzt vom Hafen zurückkommen und wohl auch um einen Schnaps bitten, um sich aufzuwärmen. Nicht wahr, Julie?«

Sie sah ihn mit großen Augen an und wandte dann den Kopf ab.

»Er würde nicht sofort hinaufgehen, um sich

schlafen zu legen. Ich wette, er würde seine Stiefel ausziehen, und Sie würden ihm seine Pantoffeln bringen. Er würde Ihnen sagen:

›Mieses Wetter … Und trotzdem will die Saint-Michel noch rausfahren. Gott steh ihr bei!‹«

»Woher wissen Sie das?«

»Was?«

»Dass er ›Gott steh ihr bei‹ sagte. Das hat er wirklich immer gesagt.«

Sie war gerührt und blickte Maigret fast dankbar an.

»Er wird es nicht mehr sagen. Er war glücklich, hatte ein hübsches Haus, einen Garten mit Blumen, die er liebte, Ersparnisse … Alle scheinen ihn sehr gerngehabt zu haben. Und doch hat jemand dem allen jäh ein Ende gemacht, mit ein wenig weißem Pulver in einem Glas Wasser.«

Julies Gesicht hatte sich verzerrt. Sie wollte nicht weinen, kämpfte dagegen an.

»Ein wenig weißes Pulver, und es war vorbei. Und der Täter ist vielleicht sogar glücklich, weil niemand weiß, dass er es war. Bestimmt war er eben unter uns …«

»Schweigen Sie«, sagte Julie und faltete die Hände. Sie konnte die Tränen nicht länger zurückhalten.

Aber der Kommissar ließ sich nicht beirren. Er sprach weiter, leise und langsam, betonte jede Silbe. Und das war kein Theater. Er ließ sich einfach mitreißen, empfand selbst die Schwermut dieser Stunde. Auch er sah die untersetzte Gestalt des ehemaligen Hafenmeisters vor sich.

»Tot hat er nur noch einen Freund, und das bin ich. Ein Mann, der ganz allein darum kämpft, die Wahrheit ans Licht zu bringen, zu verhindern, dass Joris' Mörder glücklich ist.«

Julie schluchzte. Ihr Widerstand war gebrochen.

Maigret fuhr fort:

»Aber alle, die den Toten kannten, schweigen. Alle lügen. Lügen so unverfroren, dass man glauben könnte, sie alle hätten sich etwas vorzuwerfen und seien Komplizen des Täters.«

»Das ist nicht wahr!«, schrie sie.

Grand-Louis, dem immer unbehaglicher zumute wurde, schenkte sich nach und dem Kommissar gleich mit.

»Grand-Louis ist der Erste, der schweigt.«

Durch einen Tränenschleier sah Julie ihren Bruder an. Sie wirkte bestürzt.

»Er weiß etwas. Er weiß sogar einiges. Hat er Angst vor dem Mörder? Hat er etwas zu befürchten?«

»Louis!«, rief sie.

Aber der sah weg, mit unbewegter Miene.

»Louis, sag, dass das nicht stimmt! Hörst du?«

»Ich weiß nicht, was der Kommissar …«

Er erhob sich. Er konnte nicht mehr still sitzen.

»Louis lügt mehr als die anderen. Er sagt, er kennt den Norweger nicht, aber er kennt ihn! Er sagt, er verkehrt nicht mit dem Bürgermeister, aber ich finde ihn in dessen Haus, als er gerade dabei ist, ihn mit den Fäusten zu bearbeiten.«

Ein vages Lächeln glitt über die Lippen des ehemaligen Sträflings.

»Ist das wahr?«, fragte Julie ernst.

Und da er nicht antwortete, packte sie ihn am Arm: »Warum sagst du denn nicht die Wahrheit? Du hast nichts getan, ich bin ganz sicher.«

Er machte sich von ihr los, verwirrt, vielleicht weil er schwach zu werden fürchtete.

»Wahrscheinlich bedürfte es nur eines kleinen Stücks Wahrheit, einer winzigen Information, und das ganze Lügengebäude würde einstürzen.«

Aber nein. Trotz der flehenden Blicke seiner Schwester schüttelte sich Louis wie ein Riese, den winzige wütende Feinde quälen.

»Ich weiß nichts.«

Und Julie, streng und schon misstrauisch:

»Warum sagst du denn nichts?«

»Ich weiß nichts!«

»Der Kommissar sagt …«

»Ich weiß nichts!«

»Hör zu, Louis, ich habe dir immer vertraut. Das weißt du. Und ich habe dich verteidigt. Selbst gegenüber Kapitän Joris …«

Sie errötete über diesen unseligen Satz und redete schnell weiter:

»Du musst die Wahrheit sagen! Ich kann nicht mehr. Und ich werde nicht länger allein in diesem Haus bleiben.«

»Schweig«, seufzte er.

»Was soll er Ihnen eigentlich sagen, Herr Kommissar?«

»Zweierlei. Erstens, wer Martineau ist, und zweitens, warum der Bürgermeister sich von ihm hat schlagen lassen.«

»Hörst du, Louis? Das ist doch gar nicht schlimm.«

»Ich weiß nichts.«

Sie wurde wütend.

»Louis, sei vorsichtig! Bald glaube ich, dass …«

Das Feuer im Herd knisterte immer noch, und auf dem Messingpendel der tickenden Uhr spiegelte sich der Schein der Lampe.

Louis war zu groß, zu stark, zu ungeschlacht für diese manierliche Kleinrentnerküche. Er wusste nicht, was er mit seinen Pranken machen, wohin er blicken sollte.

»Du musst alles sagen!«

»Ich habe nichts zu sagen!«

Er wollte sich nachschenken, aber sie riss die Karaffe an sich.

»Du hast genug getrunken.«

Sie bebte vor Nervosität, sie spürte verworren, dass dies ein tragischer Augenblick war. Sie klammerte sich an die Hoffnung, ein Wort könne alles aufklären.

»Louis … Dieser Mann … Dieser Norweger, der sollte doch die Saint-Michel kaufen und dein Chef werden, nicht wahr?«

Entschieden erwiderte er:

»Nein.«

»Wer dann? Man hat ihn nie im Ort gesehen. Es kommen keine Ausländer her.«

»Ich weiß es nicht …«

Sie ließ nicht locker.

»Der Bürgermeister hat dich nie leiden können. Stimmt es, dass du heute Abend bei ihm gegessen hast?«

»Es stimmt.«

Ungehalten stampfte sie auf.

»Aber dann sag doch endlich etwas! Es muss sein. Sonst, das schwöre ich dir, werde ich glauben, dass …«

Sie vollendete den Satz nicht. Sie blickte auf den Korbsessel, den Herd, die Uhr, die mit Blumen bemalte Karaffe.

»Du hast den Kapitän sehr gern gemocht. Ich weiß es! Du hast es bestimmt hundert Mal gesagt. Und wenn ihr euch gestritten habt, dann nur, weil …«

Das musste sie näher erklären.

»Sie dürfen nichts Falsches denken, Herr Kommissar. Mein Bruder mochte Kapitän Joris, und der Kapitän mochte ihn ebenfalls. Aber es gab da etwas … Nichts Ernstes. Louis kennt sich nicht mehr, wenn er Geld in der Tasche hat. Er wirft es mit vollen Händen hinaus. Der Kapitän wusste, dass er mir meine Ersparnisse abbettelte. Er hat ihm eine Standpauke gehalten. Das ist alles! Und nur deswegen hat er ihm schließlich verboten herzukommen. Damit er mir nicht mehr mein Geld wegnimmt. Aber er sagte mir, im Grunde sei Louis ein feiner Kerl, der nur den Fehler habe, schwach zu sein.«

»Und Louis«, sagte Maigret langsam, »wusste vielleicht, dass Sie nach Joris' Tod dreihunderttausend Franc erben würden.«

Es ging so schnell, dass der Kommissar fast das Nachsehen hatte. Julie stieß einen schrillen Schrei aus, als Louis sich auf Maigret stürzte und versuchte, ihn an der Kehle zu packen.

Doch der Kommissar bekam eins von Louis' Handgelenken zu fassen. Mit langsamem, stetem Druck drehte er es hinter dem Rücken des Matrosen um und brummte:

»Pfoten weg!«

Julie stand an der Wand, die Hände vors Gesicht geschlagen, und weinte herzzerreißend.

»Mein Gott! Mein Gott!«

»Willst du nicht endlich auspacken, Louis?«, donnerte Maigret und ließ den ehemaligen Sträfling los.

»Ich habe nichts zu sagen.«

»Und wenn ich dich verhafte?«

»Egal.«

»Komm mit!«

»Herr Kommissar«, schrie Julie, »ich flehe Sie an. Louis, bitte, so rede doch, um Himmels willen!«

Sie standen schon an der Glastür. Grand-Louis drehte sich um. Sein Gesicht war dunkelrot, seine Augen glänzten, seine Miene war unbeschreiblich. Er legte seiner Schwester die Hand auf die Schulter.

»Julie, ich schwöre dir …«

»Lass mich!«

Er zögerte, machte einen Schritt in den Flur, drehte sich noch einmal um.

»Hör zu …«

»Nein, nein, geh!«

Langsam folgte er Maigret zur Haustür. Wieder wollte er sich umdrehen, ließ es dann aber bleiben. Die Tür schloss sich hinter ihnen. Sie waren noch keine fünf Schritte im Sturm gegangen, als sich die Tür wieder öffnete. Man sah die helle Gestalt des Mädchens und hörte sie rufen:

»Louis!«

Zu spät. Die beiden Männer verschwanden in der Nacht.

Binnen weniger Sekunden waren sie von einem

heftigen Regenguss durchnässt. Man sah nichts, nicht einmal die Umrisse der Schleuse. Doch plötzlich rief eine Stimme:

»Bist du es, Louis?«

Es war Lannec an Bord der Saint-Michel. Er hatte Schritte gehört. Er steckte den Kopf durch die Luke. Er wusste gewiss, dass der Matrose nicht allein war, denn er sagte sehr schnell in bretonischem Dialekt:

»Spring aufs Vorderdeck, und wir verduften.«

Maigret hatte verstanden, er stand da, wartete, unfähig, in der Dunkelheit Anfang und Ende der Saint-Michel zu erkennen. Er sah nur die dunkle Gestalt seines Begleiters, dessen Schultern im Regen glänzten. Grand-Louis zögerte.

10

Die drei vom Schiff

Ein rascher Blick auf das schwarze Loch, das das Meer war. Ein verstohlener auf Maigret. Grand-Louis zuckte mit den Schultern und fragte den Kommissar brummig:

»Kommen Sie an Bord?«

Maigret merkte, dass Lannec etwas in der Hand hielt. Eine Trosse. Er folgte ihr mit den Augen, sah, dass sie nur lose um einen Poller gelegt war. Mit anderen Worten, die Saint-Michel war so festgemacht, dass sie in See stechen konnte, ohne dass jemand an Land die Trosse loszumachen brauchte.

Der Kommissar sagte nichts. Er wusste, im Hafen war niemand. Julie, die gewiss in ihrer Küche saß, war dreihundert Meter weit weg, und alle anderen hockten jetzt in der warmen Seemannnskneipe.

Er stellte einen Fuß auf die Reling, sprang an Bord und Louis folgte ihm. Obwohl das Schiff von beiden Molen geschützt war, toste das Wasser im Vorhafen so, dass die Saint-Michel hin und her geworfen wurde.

Es war stockfinster. Nur hier und da spiegelte sich gelbliches Licht in der Nässe. Eine Gestalt am Bug, kaum zu erkennen: der Kapitän, der Louis erstaunt entgegensah. Er trug hohe Gummistiefel, Südwester und Öljacke. Die Trosse hielt er noch in der Hand.

Bestimmt beobachtete man Maigret, der einen sonderbaren Anblick bot, in seinem Mantel mit Samtkragen und seinem steifen Hut, den er mit der Hand festhielt.

»Sie werden heute Nacht nicht weiterfahren«, sagte er.

Kein Protest. Aber Lannec und Grand-Louis wechselten einen Blick, der sagte:

»Fahren wir trotzdem?«

»Besser nicht.«

Die Böen waren so heftig, dass es sie fast von Deck fegte. Und Maigret begab sich zu der Luke, die er schon kannte.

»Unterhalten wir uns. Rufen Sie auch den anderen Matrosen.«

Es war ihm lieber, niemanden im Rücken zu haben. Die vier Männer stiegen die steile Treppe hinunter. Man zog das Ölzeug und die Stiefel aus. Die Petroleumlampe brannte. Auf dem Tisch standen Gläser, daneben lag eine Seekarte, bedeckt mit Bleistiftmarkierungen und Fettflecken.

Lannec schob zwei Briketts in den kleinen Ofen

und wusste nicht recht, ob er seinem Besucher etwas zu trinken anbieten sollte.

Der alte Célestin hockte mürrisch in einer Ecke. Besorgt fragte er sich, warum man ihn hereingeholt hatte.

Eines ließ sich unschwer erkennen: Keiner wollte etwas sagen, weil keiner wusste, woran er war. Der Kapitän blickte Grand-Louis fragend an, der eine verzweifelte Miene aufsetzte.

»Haben Sie sich das auch gut überlegt?«, murmelte Lannec, nachdem er sich geräuspert hatte.

Maigret hatte sich auf eine Bank gesetzt und die Ellbogen auf den Tisch gestemmt. Er spielte mechanisch mit einem leeren Glas, das so fettig war, dass man nicht mehr hindurchsehen konnte.

Louis, der stehen geblieben war, musste den Kopf einziehen, um nicht an die Decke zu stoßen.

»Was überlegt?«

»Ich weiß nicht, wie weit Ihre Befugnisse gehen, aber ich weiß, dass ich einzig der Seebehörde unterstehe. Sie allein ist berechtigt, ein Schiff am Ein- oder Auslaufen zu hindern.«

»Ja, und?«

»Sie hindern mich daran, Ouistreham zu verlassen. Ich muss in La Rochelle Wein laden und für jeden Tag Verzögerung Schadenersatz zahlen.«

Der halboffizielle, seriöse Ton verfing nicht. Maigret kannte das schon! Hatte ihm der Bürgermeister nicht in ganz ähnlichem Ton gedroht? Und dann Jean Martineau, der zwar nicht von der Seebehörde gesprochen hatte, dafür aber von seinem Konsul.

Er atmete tief ein, warf den dreien einen schnellen belustigten Blick zu und sagte dann auf Bretonisch:

»Tu nicht so schlau! Gieß uns lieber etwas zu trinken ein!«

Das konnte schiefgehen. Der alte Matrose war der Erste, der sich Maigret erstaunt zuwandte.

Grand-Louis' Miene hellte sich auf, und Lannec fragte, wenngleich noch immer frostig:

»Sind Sie Bretone?«

»Nicht direkt. Ich bin von der Loire, aber ich habe in Nantes studiert.«

Lannec verzog das Gesicht, so wie alle Bretonen von der Küste, wenn die Rede von Bretonen aus dem Landesinneren ist oder von den Halb-Bretonen aus der Gegend um Nantes.

»Ist nichts mehr von dem Schiedam von neulich da?«

Lannec nahm die Flasche und füllte die Gläser, langsam, weil er froh war, beschäftigt zu sein. Maigret, die Pfeife im Mund, den Hut in den Nacken geschoben, sah aus, als wollte er es sich hier gemütlich machen.

»Du kannst dich setzen, Louis.«

Grand-Louis gehorchte. Die Befangenheit war noch nicht gewichen, aber sie war jetzt von einer anderen Art. Die Männer ärgerten sich, dass sie nicht auf Maigrets freundlichen Ton eingehen konnten. Aber sie mussten nun mal auf der Hut sein.

»Auf euer Wohl, Kinder, und gebt zu, ich erspare euch einiges, wenn ich euch heute Nacht nicht auslaufen lasse.«

»Schwierig ist vor allem die Fahrrinne«, murmelte Lannec und nahm einen Schluck. »Wenn man erst mal draußen ist, geht's schon. Aber durch die Strömung der Orne und die ganzen Sandbänke ist die Fahrrinne schlecht. Jedes Jahr laufen Schiffe auf.«

»Ist der Saint-Michel noch nie etwas zugestoßen?«

Der Mann klopfte auf Holz. Und Célestin brummte:

»Der Saint-Michel? Die ist vermutlich das beste Segelschiff weit und breit. Vor zwei Jahren ist sie bei starkem Nebel vor der englischen Küste gestrandet. Eine Höllenbrandung war das. Jedes andere Schiff wäre untergegangen. Aber bei der nächsten Flut war sie wieder flott, musste nicht mal ins Trockendock.«

Maigret spürte, dass man sich auf diesem Terrain verständigen konnte. Aber er wollte nicht die ganze Nacht über Fragen der Seefahrt sprechen. Die nassen Kleider dampften schon, in Rinnsalen lief das Wasser die Treppe hinab, und ehrlich gesagt vertrug er das immer stärker werdende Schaukeln des Schiffs nur schlecht.

»Das wäre doch eine schöne Jacht«, sagte er und sah sich um.

Also doch! Lannec zuckte zusammen.

»Ja, es ließe sich eine schöne Jacht daraus machen«, korrigierte er den Kommissar. »Man müsste nur das Deck umbauen und die Takelage etwas vereinfachen, vor allem oben …«

»Hat der Norweger schon unterschrieben?«

Lannec blickte Grand-Louis scharf an, der seufzte. Sie hätten viel darum gegeben, wenn sie sich nur ein paar Sekunden allein hätten unterhalten können. Was hatte Louis erzählt? Was durfte der Kapitän sagen?

Louis blickte trotzig drein, er machte sich keine Illusionen. Es war unmöglich, dem Kapitän zu erklären, was vorgegangen war. Es war zu kompliziert!

Natürlich saßen sie jetzt in der Patsche. Er leerte sein Glas in einem Zug und warf dem Kommissar einen resignierten Blick zu.

»Was für ein Norweger?«

»Nun, der Norweger, der kein richtiger Norweger ist. Martineau … Aber er hat die Saint-Michel nicht in Tromsø gesehen, denn so hoch in den Norden ist sie nie gekommen.«

»Könnte sie aber. Sie kann ohne Weiteres bis nach Archangelsk fahren.«

»Wann übernimmt er das Schiff?«

Der alte Matrose grinste in seiner Ecke. Ein Grinsen, dessen Ironie nicht Maigret galt, sondern den drei Männern vom Schiff, ihn selbst eingeschlossen.

Und Lannec antwortete nur:

»Ich weiß nicht, wovon Sie sprechen.«

Er bekam einen Stoß in die Seite.

»Dummkopf! Los, Kinder, hört endlich auf, solche Trauermienen zu machen, ihr verdammten bretonischen Sturköpfe. Martineau hat versprochen, die Saint-Michel zu kaufen. Hat er sie schon gekauft?«

Plötzlich hatte Maigret eine Idee.

»Gebt mir doch mal die Besatzungsliste!«

Offenkundig hatte er ins Schwarze getroffen.

»Ich weiß nicht, wo sie …«

»Spiel nicht den Dummen, Lannec. Gib mir die Liste, verflucht noch mal.«

Der Kapitän holte eine abgenutzte Aktentasche aus dem Schrank. Sie war mit amtlichen Papieren und Geschäftsbriefen von Schiffsmaklern gefüllt.

Eine große gelbe Mappe enthielt Blätter von imponierendem Format: Es war die Besatzungsliste. Sie war vor anderthalb Monaten erstellt worden, am 11. September, also fünf Tage vor Kapitän Joris' Verschwinden.

Segelschiff Saint-Michel. 270 Bruttoregistertonnen, ausgerüstet für Küstenschifffahrt. Besitzer: Louis Legrand aus Port-en-Bessin. Kapitän: Yves Lannec. Matrose: Célestin Grolet.

Grand-Louis schenkte sich nach. Lannec senkte verlegen den Kopf.

»Sieh mal einer an! Also bist du jetzt der Besitzer des Schiffs, Grand-Louis.«

Keine Antwort. Célestin in seiner Ecke biss auf einem Stück Kautabak herum.

»Hört mal, Kinder, vergeuden wir nicht unsere Zeit. Ich bin nicht dümmer als ihr, auch wenn ich nicht viel vom Leben auf See verstehe. Louis ist bettelarm, und ein Schiff wie dieses ist mindestens hundertfünfzigtausend Franc wert ...«

»Dafür hätte ich es nicht hergegeben«, sagte Lannec.

»Gut, sagen wir zweihunderttausend. Louis hat also die Saint-Michel auf Rechnung von jemandem gekauft, sagen wir, auf Rechnung Jean Martineaus. Aus irgendeinem Grund will Martineau nicht, dass man weiß, wem das Schiff gehört ... Auf euer Wohl!«

Célestin zuckte mit den Schultern, als hätte ihn diese ganze Geschichte schon immer angewidert.

»Am 11. September, als der Kauf perfekt war, ist Martineau da in Fécamp gewesen?«

Die Männer machten saure Gesichter. Louis nahm sich den Rest Kautabak vom Tisch, steckte ihn in den Mund, während Célestin die ausgekauten Stücke in hohem Bogen auf den Boden spuckte.

Die Lampe begann zu blaken, das Petroleum war alle. Man musste eine Kanne von Deck holen. Lannec kam ganz durchnässt zurück.

Eine Minute lang saßen sie im Dunkeln.

»Martineau war da! Da bin ich mir sicher. Das Schiff ist auf Grand-Louis' Namen gekauft worden, und Lannec ist an Bord geblieben, vielleicht für immer, vielleicht nur für eine bestimmte Zeit …«

»Für eine bestimmte Zeit.«

»Genau das habe ich mir gedacht. Die Zeit, die die Saint-Michel für eine merkwürdige Expedition brauchte.«

Lannec erhob sich erregt, riss sich die Zigarette aus dem Mund.

»Ihr kommt nach Ouistreham. In der Nacht vom 16. lag die Saint-Michel im Vorhafen, bereit zur Ausfahrt. Wo war Martineau?«

Der Kapitän setzte sich wieder, entmutigt, aber entschlossen, nichts zu sagen.

»Am nächsten Tag sticht die Saint-Michel in See. Wer ist an Bord? Ist Martineau immer noch dort? Befindet sich Joris dort?«

Maigret wirkte nicht wie ein Richter, nicht einmal wie ein Kriminalbeamter. Sein Ton war immer noch freundlich, und seine Augen funkelten amüsiert. Es war, als spielte er mit den anderen ein Ratespiel.

»Ihr fahrt nach England und dann nach Holland. Verlassen Martineau und Joris dort das Schiff? Sie wollen ja weiter. Ich habe gute Gründe zu glauben, dass Sie bis nach Norwegen hochfahren …«

Grand-Louis brummte etwas vor sich hin.

»Was sagst du?«

»Sie werden nichts rauskriegen.«

»War Kapitän Joris schon verletzt, als er an Bord ging? Ist er unterwegs oder erst in Skandinavien verletzt worden?«

Er erwartete keine Antwort mehr.

»Ihr drei setzt eure Küstenfahrten fort, bleibt aber immer hier in der Gegend. Ihr erwartet einen Brief oder ein Telegramm, in dem euch Tag und Ort eines neuen Treffens mitgeteilt werden. Letzte Woche wart ihr in Fécamp, dem Hafen, wo Martineau euch das erste Mal getroffen hat. Grand-Louis erfährt, dass man Kapitän Joris in Paris in einem seltsamen Zustand aufgegriffen hat und dass man ihn nach Ouistreham zurückbringen wird. Er kommt mit dem Zug her. Es ist niemand im Haus. Er hinterlässt seiner Schwester einen Brief und kehrt dann nach Fécamp zurück.«

Maigret seufzte und steckte sich seine Pfeife an.

»Wir kommen jetzt zum Ende. Martineau ist da. Ihr kommt mit ihm zurück. Er verlässt das Schiff vor der Hafeneinfahrt, was beweist, dass er nicht gesehen werden möchte. Er und Grand-Louis treffen sich an Bord des Baggerschiffs … Auf euer Wohl!«

Er füllte selbst sein Glas und leerte es unter den düsteren Blicken der drei Männer.

»Um alles zu verstehen, müsste man jetzt nur noch wissen, warum Grand-Louis beim Bürgermeister war, während Martineau nach Paris fuhr. Ein sonderbarer Auftrag: einem Mann eine Tracht Prügel zu verpassen, der im Ruf steht, sich eigentlich mit niemandem einzulassen.«

Beim Gedanken an die Schläge, die er Grandmaison verpasst hatte, musste Grand-Louis lächeln.

»So, und jetzt, meine Freunde, seid euch darüber klar, dass sich schließlich alles aufklären wird. Glaubt ihr nicht, es sei besser, es geschieht gleich?«

Maigret klopfte seine Pfeife am Schuhabsatz aus und stopfte sie neu. Célestin war tatsächlich eingeschlafen und schnarchte mit offenem Mund. Grand-Louis starrte auf den schmutzigen Fußboden. Lannec versuchte vergeblich, ihn mit einem Blick um Rat zu fragen.

Schließlich murmelte der Kapitän:

»Wir haben nichts zu sagen.«

An Deck gab es ein Geräusch, als wäre ein ziemlich schwerer Gegenstand umgefallen. Maigret fuhr zusammen. Grand-Louis steckte den Kopf durch die Luke, sodass man nur noch seine Beine auf der Treppe sah.

Wenn er sich aus dem Staub gemacht hätte, wäre ihm der Kommissar bestimmt gefolgt. Aber man hörte nur den Regen prasseln, die Masten knarren.

Und nach einer halben Minute war er wieder unten. Das Haar klebte ihm an der Stirn, Wasser rann ihm über die Wangen.

»Was war los?«

»Eine Zugwinde ist gegen die Reling gestoßen.«

Der Kapitän legte neue Briketts in den Ofen. Glaubte er, was Louis soeben gesagt hatte? Jedenfalls schüttelte er Célestin wach.

»Mach die Schote vom Besanmast fest!«

Der Matrose rieb sich die Augen. Er verstand nicht. Man musste es ihm zweimal wiederholen. Dann zog er sein Ölzeug an, setzte seinen Südwester auf und stieg, ganz steif vom Schlaf und wütend darüber, dass er hinaus in den Regen und in die Kälte musste, die Treppe hinauf.

Seine Holzpantinen klapperten über ihren Köpfen. Grand-Louis schenkte sich nun bestimmt schon zum sechsten Mal nach, war aber nicht im Geringsten betrunken.

Sein Gesicht blieb immer gleich: Grobe Züge,

leicht aufgedunsen, große hervorstehende Augen und die Miene eines Mannes, der sich mit seiner mickrigen Existenz abgefunden hat.

»Was denkst du, Louis?«

»Worüber?«

»Dummkopf! Hast du über deine Lage nachgedacht? Verstehst du nicht, dass du es bist, der die Sache ausbaden wird? Erstens deine Vergangenheit. Ein Mann, der im Gefängnis gesessen hat. Dann das Schiff, dessen Besitzer du wirst, obwohl du keinen Sou hast, Joris, der dich nicht mehr bei sich sehen wollte, weil du zu oft Geld haben wolltest. Die Saint-Michel am Abend der Entführung in Ouistreham. Du bist hier an dem Tag, an dem der Kapitän vergiftet wird. Und deine Schwester, die dreihunderttausend Franc erbt!«

Dachte Louis überhaupt noch etwas? Er machte ein gleichgültiges Gesicht, die Porzellanaugen starr auf irgendeinen Punkt an der Wand gerichtet.

»Was macht der da oben?«, fragte Lannec besorgt und blickte zur Luke, die einen Spaltbreit offen war, und auf den Regen, der in die Kajüte eindrang und eine Pfütze auf dem Boden bildete.

Maigret hatte nicht viel getrunken, aber doch genug, dass ihm das Blut in den Kopf stieg, zumal in dieser stickigen Luft. Und genug, um versonnen seinen Gedanken nachzuhängen.

Jetzt, da er die drei Männer kannte, konnte er

sich ihr Leben auf der Saint-Michel ziemlich gut vorstellen.

Der eine in seiner Koje, meistens in Kleidern. Immer eine Flasche und schmutzige Gläser auf dem Tisch. Ein Mann an Deck, das Klappern seiner Holzpantinen. Dazu das dumpfe, gleichförmige Brausen des Meeres. Der Kompass und sein kleines Licht. Die Laterne, die am Fockmast schaukelte.

Augen, die die Finsternis durchbohrten, den Schein der Leuchttürme auszumachen versuchten. Und dann die Entladequais. Zwei oder drei Tage, an denen nichts zu tun war und man stundenlang in den immer gleichen Bistros saß.

Undefinierbare Geräusche von oben. War Grand-Louis jetzt auch eingeschlafen? Ein kleiner Wecker zeigte schon drei Uhr. Die Flasche war fast leer.

Lannec gähnte und suchte in seinen Taschen nach Zigaretten. Hatten sie nicht in der gleichen Treibhausatmosphäre die Nacht hier verbracht, in der Kapitän Joris verschwunden war? Und hatte Joris mit ihnen getrunken und gegen den Schlaf angekämpft?

Jetzt hörte man Stimmen an Deck. Durch den Sturm war es nur ein Flüstern, das in die Kajüte drang.

Maigret erhob sich mit gerunzelter Stirn, sah, dass Lannec sich noch einen Schnaps eingoss, dass

Grand-Louis das Kinn auf die Brust gesunken war und er die Augen halb geschlossen hatte.

Er legte die Hand an seinen Revolver und stieg die Treppe hinauf.

Die Luke war gerade so groß, dass ein Mann hindurchkonnte. Und der Kommissar war dicker und größer als die meisten Männer.

So konnte er sich nicht einmal wehren. Kaum tauchte sein Kopf auf, da hatte er schon eine Binde vor dem Mund, die im Nacken festgebunden wurde.

Das waren die Leute an Deck, Célestin und noch ein anderer.

Im selben Augenblick entriss man ihm von unten den Revolver und fesselte seine Hände auf dem Rücken.

Er trat heftig nach hinten. Er traf etwas, ein Gesicht, glaubte er, aber gleich darauf waren auch seine Beine gefesselt.

»Zieh ihn hoch«, sagte Grand-Louis mit gleichgültiger Stimme.

Das war das Schwierigste. Er war schwer. Man schob von unten und zog von oben.

Es regnete in Strömen. Der Sturm heulte über dem Wasser.

Er glaubte vier Gestalten zu sehen, aber man hatte die Laterne gelöscht, und der Wechsel von der Hitze und dem Licht ins eisige Dunkel machte es ihm unmöglich, noch einen klaren Gedanken zu fassen.

»Eins … zwei … hopp!«

Man schwang ihn wie einen Sack. In hohem Bogen flog er durch die Luft und fiel dann auf die nassen Steine des Quais.

Grand-Louis kam an Land und beugte sich über ihn, um sich zu vergewissern, dass alle Fesseln fest saßen. Eine Sekunde sah der Kommissar das Gesicht des ehemaligen Sträflings dicht vor sich, und er hatte den Eindruck, dass Grand-Louis das alles mit düsterer Miene und nur widerwillig tat.

»Sie werden meiner Schwester sagen müssen …«, begann er.

Was sagen? Er wusste es selbst nicht. An Bord hörte man hastige Schritte und halblaut gerufene Befehle. Die Focksegel wurden gesetzt. Das Großsegel stieg langsam den Mast empor.

»Sagen Sie ihr bitte, dass wir uns eines Tages wiedersehen … und wir beide vielleicht auch …«

Er sprang zurück an Bord. Maigret lag dem Meer zugewandt. Eine Laterne am Ende eines Taus erreichte die Spitze des Mastes. Eine dunkle Gestalt stand am Steuer. Die Trosse wurde eingeholt. Die Focksegel knatterten ein paar Augenblicke im Wind. Der Bug stieß ab, und das Schiff drehte sich fast einmal um sich selbst, so heftig tobte der Sturm.

Aber nein! Schon hatte man es wieder in der Gewalt. Es zögerte, suchte seinen Weg, neigte sich und fuhr dann zwischen den Molen davon.

Eine schwarze Masse in der Finsternis. Ein kleiner Lichtpunkt an Deck. Ein weiterer hoch oben am Mast, wie ein verirrter Stern am Zyklonenhimmel.

Maigret konnte sich nicht bewegen. Hilflos lag er in einer Lache am Ufer des unendlichen Meers.

Würden die Männer an Bord, um sich Mut zu machen, nicht jetzt die Schnapsflasche leeren und noch zwei Briketts ins Feuer legen?

Ein Mann am Steuer, die anderen in den klammen Kojen …

War da ein salzigerer Tropfen unter all den flüssigen Perlen, die dem Kommissar über die Wangen rannen?

Er, ein großer und starker Mann, ein Mann in seinen besten Jahren, vielleicht der energischste, bedeutendste Mann bei der Pariser Kriminalpolizei, lag verlassen bis zum Tagesanbruch am Ende eines Quais neben einem Poller.

Hätte er sich umgedreht, er hätte die Seemannskneipe sehen können, in der niemand mehr war.

11

Die Sandbank der Schwarzen Kühe

Das Meer zog sich rasch zurück. Maigret hörte die Brandung am Ende der Molen, dann nur noch hinten am Strand.

Wie so oft ließ mit der Ebbe der Wind nach. Die Regenböen peitschten weniger stark, und als die tief hängenden Wolken im Morgengrauen fahler wurden, war aus dem Sturzregen der Nacht ein feinerer, aber noch kälterer Regen geworden.

Die Dinge tauchten allmählich aus der Finsternis auf, die sie verschluckt hatte. Man sah die schiefen Masten der Fischerboote, die bei Ebbe im Schlick des Vorhafens aufsaßen.

In weiter Ferne brüllte eine Kuh, und die Kirchenglocke läutete mit kurzen, verhaltenen Schlägen zur Sieben-Uhr-Messe. Aber er musste noch warten. Die Gläubigen gingen nicht durch den Hafen, und die Schleusenarbeiter hatten hier, ehe die Flut kam, nichts zu tun. Nur ein Fischer könnte zufällig vorbeikommen, aber würden die Fischer bei diesem Wetter überhaupt aufstehen?

Maigret, bloß noch ein nasses Häuflein, sah alle Betten von Ouistreham vor sich, die soliden Holzbetten mit den dicken Daunendecken, unter denen sich die Einwohner zu dieser Stunde behaglich rekelten, während sie misstrauisch auf das blasse Rechteck der Fenster blickten und sich noch eine kleine Frist gönnten, ehe sie die bloßen Füße auf den Fußboden stellten.

Lag Inspektor Lucas auch in seinem Bett? Nein, denn dann wäre das, was geschehen war, kaum erklärbar.

Der Kommissar rekonstruierte es folgendermaßen: Irgendwie war Jean Martineau dem Inspektor entwischt. Vielleicht, indem er ihn so gefesselt hatte, wie es Maigret widerfahren war? Dann war er zur Saint-Michel gegangen und hatte die Stimme des Kommissars gehört. Geduldig hatte er gewartet, bis jemand auftauchte. Und als Grand-Louis den Kopf durch die Luke steckte, flüsterte er ihm etwas zu oder hielt ihm einen Zettel mit Anweisungen hin.

Das Übrige war einfach. Ein Geräusch an Deck. Man schickt Célestin hoch. Die beiden Männer sprechen miteinander, um Maigret rauszulocken.

Und als er auf halbem Weg ist, hindern die oben ihn daran zu schreien, während die unten ihm Arme und Beine fesseln.

Das Schiff war jetzt gewiss schon über die Drei-

Meilen-Zone hinaus. Wenn es nicht wieder einen französischen Hafen anlief, was unwahrscheinlich war, hatte es sich Maigrets Zugriff entzogen.

Er rührte sich nicht. Denn jede Bewegung ließ nur noch mehr Wasser in seinen Mantel eindringen.

Das Ohr am Boden, hörte er verschiedene Geräusche, die er eins nach dem anderen identifizierte, auch das der Pumpe in Joris' Garten.

Julie war aufgestanden! In Holzpantinen holte sie gewiss Wasser für ihre Morgenwäsche. Aber sie würde das Grundstück nicht verlassen. Sie hatte in der Küche Licht gemacht, denn noch war es draußen nicht ganz hell.

Schritte. Ein Mann kam über die Brücke und ging langsam auf die Steinmauer zu. Er warf etwas in sein Boot, wohl ein Bündel Taue.

Ein Fischer? Maigret drehte sich mühsam um und sah ihn zwanzig Meter von sich entfernt, als er gerade die Eisenleiter hinuntersteigen wollte. Trotz des Knebels konnte er leise aufstöhnen.

Der Fischer blickte sich um, bemerkte den schwarzen Haufen, betrachtete ihn lange misstrauisch und entschloss sich dann schließlich näher zu treten.

»Was machen Sie da?«

Womöglich hatte er schon einmal gehört, wie man sich angesichts einer Straftat verhalten musste:

»Wär vielleicht besser, ich hol erst mal die Polizei.«

Immerhin nahm er ihm den Knebel ab. Der Kommissar redete auf ihn ein, und da befreite der Mann ihn auch von den Fesseln, wobei er Flüche gegen jene murmelte, die die Knoten so fest geschnürt hatten.

Die Kellnerin in der Seemannskneipe öffnete die Läden. Obwohl der Wind nachgelassen hatte, war das Meer noch unruhig, aber es war nicht mehr das Tosen der vorigen Nacht. Dumpf krachend brachen sich die Wellen an den Sandbänken, als wollten sie die Welt aus den Angeln heben. Drei Meter hoch schäumte die Gischt.

Der Fischer, ein bärtiger kleiner Mann, blieb misstrauisch, wusste nicht, was er tun sollte.

»Man müsste trotzdem die Gendarmerie benachrichtigen.«

»Aber ich sage Ihnen doch, ich bin selber so etwas wie ein Gendarm in Zivil.«

»Ein Gendarm in Zivil«, wiederholte der Alte verunsichert.

Er sah plötzlich auf das Meer, ließ seinen Blick über den Horizont schweifen, dann rechts neben den Molen in Richtung Le Havre verweilen und sah schließlich Maigret verstört an.

»Was haben Sie?«

Der Fischer war so erregt, dass er nicht antwortete. Und Maigret begriff erst, was er meinte, als er selbst den Horizont betrachtete.

Die Bucht von Ouistreham lag fast völlig frei. Der weizenfarbene Sand dehnte sich mehr als eine Meile weit aus, die Brandungswellen schäumten weiß in der Ferne.

Rechts von der Mole, höchstens einen Kilometer entfernt, lag ein gestrandetes Schiff, halb auf dem Sand, halb im Meer.

Zwei Masten, an einem eine viereckige Laterne. Die Saint-Michel.

Alles war dort blass und verschwommen, Meer und Himmel ließen sich kaum voneinander unterscheiden.

Man sah nur die schwarze Masse des gestrandeten Schiffs.

»Die sind zu spät raus«, murmelte der Fischer.

»Kommt das oft vor?«

»Manchmal schon. War nicht mehr genug Wasser in der Fahrrinne. Die Strömung der Orne hat sie auf die Sandbank der Schwarzen Kühe getrieben.«

Trostlose Stille herrschte, wie gedämpft durch den Regenschleier. Wenn man das Schiff so fast auf dem Trockenen sah, konnte man sich kaum vorstellen, dass seine Insassen eben noch in Gefahr gewesen waren.

Aber als die Saint-Michel in See gestochen war, hatte das Wasser noch den Fuß der Dünen erreicht.

»Man muss den Hafenmeister benachrichtigen!«

Unwillkürlich machte sich der Mann auf den Weg zu Joris' Haus, ehe ihm einfiel:

»Ach, der ist ja …«

Und er ging in die entgegengesetzte Richtung. Auch anderswo hatte man übrigens das gestrandete Schiff erspäht, vielleicht vom Vorplatz der Kirche aus, denn Kapitän Delcourt kam mit drei Männern herbeigeeilt. Zerstreut reichte er Maigret die Hand, ohne zu merken, dass der völlig durchnässt war.

»Ich hatte es ihnen gesagt …«

»Sie wussten, dass sie fahren wollten?«

»Nein, aber als ich sie im Vorhafen vor Anker liegen sah, habe ich gedacht, sie würden nicht auf die nächste Flut warten. Ich habe den Kapitän vor der Strömung gewarnt.«

Das halbe Dorf begab sich zum Strand. Um das Schiff zu erreichen, musste man durch dreißig Zentimeter hohe Lachen hindurch, dann wieder versanken die Füße im Sand. Es war ein langer, mühseliger Weg.

»Sind sie in Gefahr?«, fragte Maigret.

»Die sind bestimmt nicht mehr an Bord, sonst hätten sie die Notflagge gehisst und Signale gegeben.«

Und plötzlich mit besorgter Miene:

»Aber sie hatten ihr Beiboot nicht bei sich. Erinnern Sie sich? Als der Dampfer es zurückgebracht hat, haben wir es an Land gezogen.«

»Und?«

»Also müssen sie an Land zurückgeschwommen sein. Oder vielmehr …«

Delcourt war nicht wohl zumute. Es gab da einiges, das ihn beunruhigte.

»Es wundert mich, dass sie nicht alles getan haben, um zu verhindern, dass das Schiff aufläuft. Es sei denn, es ist mit einem Schlag umgekippt. Dennoch …«

Man war jetzt dicht an die Saint-Michel herangekommen. Ein trauriger Anblick. Man sah den Kiel mit dem grünen Unterwasseranstrich, das Holz mit Muscheln bedeckt.

Die Seeleute gingen schon um das Schiff herum und suchten nach einem Leck, fanden aber keins.

»Einfach aufgelaufen.«

»Nichts Ernstes?«

»Bei der nächsten Flut wird ein Schlepper das Schiff vermutlich wieder flottmachen können. Ich verstehe nur nicht …«

»Was verstehen Sie nicht?«

»Dass sie es verlassen haben. Sie sind doch sonst keine Angsthasen. Und sie wissen, es ist ein solide gebautes Schiff. He … Jean-Baptiste, hol mir mal eine Leiter!«

Die war nötig, um auf den über sechs Meter hohen geneigten Bug zu klettern.

»Das lohnt nicht.«

Ein Tauende hing herunter. Der Mann, den Delcourt gerufen hatte, griff danach, kletterte wie ein Affe hinauf, wiegte sich ein paarmal hin und her und sprang dann auf Deck. Wenige Minuten später ließ er eine Strickleiter hinunter.

»Niemand an Bord?«

»Niemand.«

Einige Kilometer die Küste hoch sah man die Häuser von Dives, die Fabrikschornsteine und dahinter verschwommen Cabourg, Houlgate und die Felsenspitze, die Trouville und Deauville verbarg.

Aus Pflichtgefühl erklomm Maigret die Strickleiter, fühlte sich aber auf dem schief stehenden Deck alles andere als sicher.

In der Kajüte lagen Glasscherben am Boden, die Schränke waren geöffnet.

Der Hafenmeister wusste nicht, was tun. Es war ja nicht sein Schiff. Sollte er es wieder flottmachen? Einen Schlepper in Trouville bestellen, die Verantwortung für alles übernehmen?

»Wenn es bis zur übernächsten Flut hierbleibt, ist es verloren«, murmelte er.

»Tun Sie, was getan werden muss. Sie können ja sagen, ich hätte …«

Nie zuvor war die Atmosphäre so nervös, so bedrückend gewesen. Unwillkürlich blickten alle zu den verlassenen Dünen, als erwartete man, dort die Leute von der Saint-Michel zu sehen.

Maigret ging zurück nach Ouistreham. Als er den Hafen erreichte, kam Julie angelaufen.

»Ist es wahr? Haben sie Schiffbruch erlitten?«

»Nein. Sie sind aufgelaufen. Ein so kräftiger Mann wie Ihr Bruder ist bestimmt mit heiler Haut davongekommen.«

»Wo ist er?«

Maigret ging weiter. Als er vor dem Hôtel de l'Univers anlangte, rief der Wirt ihm zu:

»Ich habe Ihre beiden Freunde noch nicht gesehen. Soll ich sie wecken?«

»Nicht nötig.«

Der Kommissar ging selbst hoch in Lucas' Zimmer. Er lag in seinem Bett, gefesselt, so wie Maigret gefesselt gewesen war.

»Ich werde Ihnen alles erklären …«

»Das brauchst du nicht. Komm!«

»Gibt's was Neues? Sie sind ja völlig durchnässt. Müde sehen Sie aus.«

Maigret ging mit ihm zum Postamt ganz am Ende des Dorfs, gegenüber der Kirche. Die Leute standen vor ihren Türen. Wer konnte, lief zum Strand.

»Hast du dich nicht wehren können?«

»Er hat mich auf der Treppe überfallen, als ich hochwollte in den ersten Stock. Er war hinter mir. Plötzlich hat er mich an den Beinen gezogen, und dann ging alles so schnell, dass ich nichts machen konnte. Haben Sie ihn gesehen?«

Maigret erregte Aufsehen, denn er sah aus, als hätte er die ganze Nacht bis zum Hals im Wasser gelegen. Im Postamt konnte er nicht selbst schreiben, er war so durchnässt, dass das Wasser auf das Papier tropfte.

»Schreib du! Telegramme an alle Gemeindeämter und Gendarmerien der Gegend, Dives, Cabourg, Houlgate … Außerdem: Luc-sur-Mer, Lion, Coutances. Sieh auf der Karte nach. Auch die kleinsten Dörfer im Umkreis von zehn Kilometern müssen benachrichtigt werden!

Vier Personenbeschreibungen: Grand-Louis, Martineau, Kapitän Lannec und der alte Matrose, der auf den Namen Célestin hört.

Wenn die Telegramme abgeschickt sind, rufst du die nächstgelegenen Orte an, um Zeit zu gewinnen.«

Im Bistro gegenüber der Post trank er einen glühend heißen Grog, während die Kinder sich die Nasen an den Scheiben platt drückten, um den Kommissar zu sehen.

Ganz Ouistreham war jetzt wach, ein nervöses, besorgtes Ouistreham, das aufs Meer blickte oder zum Strand hinunterlief. Abenteuerliche Gerüchte machten die Runde.

Auf der Straße begegnete Maigret dem alten Fischer, der ihn im Morgengrauen befreit hatte.

»Du hast doch nicht etwa erzählt, dass …«

Und der Fischer gleichgültig:

»Ich hab gesagt, ich hätte Sie gefunden.«

Der Kommissar gab ihm zwanzig Franc und ging ins Hotel, um sich umzuziehen. Es schüttelte ihn, mal war ihm kalt, dann wieder heiß. Bartstoppeln bedeckten seine Wangen.

Aber trotz Müdigkeit war sein Geist hellwach, mehr noch als sonst.

Als er wieder zum Postamt ging, war es fast neun. Lucas beendete gerade das letzte Telefonat. Die Telegramme waren schon abgeschickt. Auf seine Anfrage antworteten die Gendarmerien, dass sie noch nichts gesehen hätten.

»Hat Monsieur Grandmaison telefoniert, Mademoiselle?«

»Vor einer Stunde. Mit Paris.«

Sie sagte ihm die Nummer. Er sah im Telefonbuch nach. Es handelte sich um das Collège Stanislas.

»Verlangt der Bürgermeister oft diese Nummer?«

»Ziemlich oft. Ich glaube, es ist das Internat, das sein Sohn besucht.«

»Stimmt, er hat einen Sohn. Etwa fünfzehn Jahre alt, nicht wahr?«

»Ich glaube. Ich habe ihn noch nie gesehen.«

»Mit Caen hat Monsieur Grandmaison nicht telefoniert?«

»Er ist aus Caen angerufen worden. Ein Familienmitglied oder einer seiner Angestellten, das Gespräch kam aus seinem Haus.«

Der Fernschreiber tickte. Ein Telegramm für den Hafen:

Gegen Mittag Ankunft Schlepper Athos. Hafenamt Trouville.

Endlich rief die Polizei Caen an:

»Madame Grandmaison ist um vier Uhr morgens in Caen angekommen. Sie hat zu Hause in der Rue du Four geschlafen, soeben ist sie mit dem Wagen nach Ouistreham gefahren.«

Als Maigret vom Hafen aus den Strand betrachtete, hatte sich das Meer so weit zurückgezogen, dass das gestrandete Schiff ungefähr auf halbem Weg zwischen dem Wasser und den Dünen lag. Kapitän Delcourt war schlechter Stimmung. Alle spähten beunruhigt zum Horizont.

Dass man sich täuschte, war ausgeschlossen. Der Wind hatte zwar mit der Ebbe nachgelassen, aber gegen Mittag, bei steigendem Wasser, würde abermals heftiger Sturm aufkommen. Das verriet schon die Farbe des Himmels, ein hässliches Grau, und das tückische Grün der Wogen.

»Hat niemand den Bürgermeister gesehen?«

»Er hat mir durch sein Mädchen sagen lassen, er

sei krank und überlasse mir die Leitung der Bergungsaktion.«

Die Hände in den Taschen, ging Maigret langsam zu Grandmaisons Haus. Er klingelte. Es dauerte fast zehn Minuten, bis man ihm öffnete.

Das Mädchen wollte etwas sagen, aber er hörte nicht hin, ging in die Diele und wirkte so unnahbar, dass sie sich damit begnügte, zur Tür des Arbeitszimmers zu laufen.

»Es ist der Kommissar!«, rief sie.

Maigret betrat das Zimmer, das ihm allmählich vertraut war, warf seinen Hut auf einen Stuhl und nickte dem Mann zu, der in seinem Sessel ausgestreckt lag. Im Kamin brannte ein Kohlefeuer.

Man sah Monsieur Grandmaison an, dass er entschlossen war, nichts zu sagen, ja sogar seinen Besucher zu ignorieren.

Maigret tat es ihm gleich. Er zog seinen Mantel aus und stellte sich mit dem Rücken vor den Kamin, wie jemand, der nichts anderes im Sinn hat, als sich aufzuwärmen. Das Feuer brannte ihm auf den Waden. Mit kurzen, hastigen Zügen rauchte er seine Pfeife.

»Noch vor heute Abend ist die ganze Sache erledigt«, sagte er schließlich wie zu sich selbst.

Grandmaison zwang sich, ruhig zu bleiben, griff sogar nach einer Zeitung, die in Reichweite lag, und tat, als würde er lesen.

»Wir werden vielleicht alle zusammen nach Caen fahren müssen …«

»Nach Caen?«

Grandmaison hatte den Kopf gehoben. Er runzelte die Stirn.

»Ja, nach Caen! Ich hätte es Ihnen früher sagen sollen, das hätte Ihrer Frau die Mühe erspart, herzukommen.«

»Ich weiß nicht, was meine Frau …«

»… mit der Sache zu tun hat«, vollendete Maigret seinen Satz. »Ich auch nicht!«

Und er nahm eine Streichholzschachtel vom Kamin, um seine erloschene Pfeife wieder anzustecken.

»Spielt übrigens keine Rolle«, fuhr er in leichterem Ton fort. »Es wird sich ja bald alles aufklären. Apropos, wissen Sie, wer der jetzige Besitzer der Saint-Michel ist, die man wieder flottzumachen versucht? Grand-Louis! Allerdings scheint er eher der Strohmann eines gewissen Martineau zu sein.«

Der Bürgermeister bemühte sich sichtlich, Maigrets geheimem Gedankengang zu folgen, vermied aber, etwas zu sagen oder gar Fragen zu stellen.

»Sie werden sehen, wie das alles miteinander zusammenhängt. Louis kauft die Saint-Michel auf Rechnung jenes Martineau, fünf Tage vor dem Verschwinden von Kapitän Joris. Es ist das einzige Schiff, das den Hafen von Ouistreham sofort nach

Joris' Verschwinden verlassen hat, und es läuft England und Holland an, ehe es nach Frankreich zurückkehrt. Von Holland aus müssen ähnliche Segelschiffe nach Norwegen verkehren. Und Martineau ist norwegischer Staatsbürger, und ehe Kapitän Joris mit geflicktem Schädel in Paris aufgegriffen wurde, muss er in Norwegen gewesen sein.«

Der Bürgermeister hörte aufmerksam zu.

»Das ist aber noch nicht alles. Martineau begibt sich nach Fécamp und an Bord der Saint-Michel. Grand-Louis, sozusagen sein Vertrauensmann, ist wenige Stunden vor Joris' Tod hier. Die Saint-Michel trifft etwas später mit Martineau ein, und heute Nacht versucht er, zu verschwinden und die meisten von denen mitzunehmen, die ich gebeten habe, sich der Polizei zur Verfügung zu halten. Außer Ihnen!«

Maigret hielt inne, seufzte.

»Bleibt noch zu klären, warum Martineau zurückgekommen ist und versucht hat, nach Paris zu gelangen, und warum Sie Ihre Frau telefonisch gebeten haben, schnellstens zurückzukehren.«

»Ich hoffe, Sie wollen nicht behaupten …«

»Ich? Nicht im Geringsten. Übrigens, ich höre da ein Auto. Ich wette, das ist Ihre Frau, die gerade aus Caen kommt. Wären Sie so freundlich, ihr nichts zu sagen?«

Klingeln. Die Schritte des Mädchens in der Diele.

Halblaute Stimmen, dann das Gesicht des Mädchens in der Tür. Aber warum sagte sie nichts? Warum blickte sie ihren Dienstherrn so beklommen an?

»Nun?«, fragte er ungeduldig.

»Es ist …«

Maigret stieß sie zur Seite, ging in die Diele, wo er nur einen Chauffeur in Livree sah.

»Haben Sie Madame Grandmaison unterwegs verloren?«, fragte er ihn.

»Nun, es ist so … Sie …«

»Wo ist sie ausgestiegen?«

»An der Kreuzung zwischen Caen und Trouville. Sie fühlte sich unwohl.«

Im Arbeitszimmer hatte sich der Bürgermeister erhoben. Sein Gesichtsausdruck war hart, und er atmete schwer.

»Warten Sie auf mich«, rief er dem Chauffeur zu.

Vor Maigret stehend, der ihm mit seiner massigen Gestalt den Weg versperrte, zögerte er.

»Sie werden doch wohl zulassen …«

»Alles … Sie haben recht. Wir müssen beide dorthin.«

12

Der unvollendete Brief

Der Wagen hielt an einer Kreuzung, an der kein Haus stand, und der Chauffeur drehte sich um und wartete auf Anweisungen. Seit man Ouistreham verlassen hatte, war Monsieur Grandmaison nicht mehr derselbe.

Dort hatte er sich immer in der Gewalt gehabt, selbst in den unangenehmsten Situationen.

Aber das war jetzt vorüber. Er war von einer geradezu panischen Angst ergriffen, und seine Augen flackerten nervös.

Nachdem das Auto angehalten hatte, blickte er Maigret fragend an, aber der Kommissar machte sich den boshaften Spaß zu murmeln:

»Was machen wir nun?«

Weder auf der Straße noch in den Obstgärten ringsum war eine Menschenseele.

Madame Grandmaison war natürlich nicht aus dem Wagen gestiegen, um sich an den Straßenrand zu setzen. Wenn sie den Chauffeur weggeschickt hatte, als sie hier angelangt waren, dann, weil sie eine Verabredung hatte oder plötzlich jemanden gesehen hatte, mit dem sie ohne Zeugen sprechen wollte.

Das Laub der Bäume war feucht. Es roch stark nach Erde. Wiederkäuende Kühe stierten das Auto an.

Und der Bürgermeister blickte suchend um sich, vielleicht weil er hoffte, seine Frau hinter einer Hecke oder einem Baum auftauchen zu sehen.

Auf der Straße nach Dives sah man, dass hier ein Auto mühsam gewendet hatte und dann weitergefahren war.

»Ein alter Lieferwagen … Da lang«, sagte Maigret zu dem Fahrer.

Sie brauchten nicht weit zu fahren. Ein ganzes Stück vor Dives verloren sich die Wagenspuren. Monsieur Grandmaison blickte immer noch suchend um sich, und in seinen Augen spiegelten sich Angst und Hass.

»Sehen Sie etwas?«

»Fünfhundert Meter vor uns liegt ein Dorf.«

»Dann ist es besser, wir lassen das Auto hier.«

Vor lauter Müdigkeit wirkte Maigret fast unmenschlich gleichgültig. Er schlief gewissermaßen im Gehen, nur die Macht der Gewohnheit ließ ihn einen Schritt vor den anderen setzen. Jeder, der ihn so gesehen hätte, wäre zu dem Schluss gelangt, dass der Bürgermeister hier das Heft in der Hand hatte und der Kommissar ihm demütig folgte.

Sie kamen an einem kleinen Haus vorbei, um das herum Hühner gackerten; eine Frau musterte die beiden Männer erstaunt. Dann tauchte vor ihnen die Rückseite einer Kirche auf, kaum größer als eine Hütte, und links ein Tabakladen.

»Erlauben Sie?«, sagte Maigret und zeigte auf seinen leeren Tabakbeutel.

Er ging allein in den Laden, wo es auch Lebensmittel und alle möglichen anderen Dinge gab. Ein alter Mann kam aus dem Hinterzimmer und rief seine Tochter, die Maigret den Tabak verkaufte. Da die Tür offen blieb, konnte Maigret ein Wandtelefon sehen.

»Wann hat mein Freund heute Morgen hier telefoniert?«

Das Mädchen zögerte nicht eine Sekunde.

»Vor einer guten Stunde.«

»Dann ist die Dame also hergekommen?«

»Ja. Sie ist sogar hier im Laden gewesen, um nach dem Weg zu fragen. Das Haus ist nicht schwer zu finden. Es ist das letzte in der Gasse rechts.«

Als er den Laden verließ, stand Monsieur Grandmaison vor der Kirche und blickte auf eine Art um sich, die das Misstrauen der Dorfbewohner wecken musste.

»Mir kommt da ein Gedanke«, murmelte Maigret. »Wir werden uns aufteilen. Sie suchen links, bei den Feldern, ich suche rechts im Dorf.«

Er sah das Funkeln in Grandmaisons Augen. Der Bürgermeister war von der Idee begeistert, versuchte aber, sich nichts anmerken zu lassen. Er hoffte, seine Frau zu finden und mit ihr sprechen zu können, ohne dass der Kommissar dabei war.

»Gut, machen wir's so«, antwortete er mit gespielter Gleichgültigkeit.

Das Dorf bestand aus kaum zwanzig Häuschen, die eine Art Straße bildeten. Es regnete immer noch, ein feiner Regen, und draußen war niemand zu sehen. Aber Gardinen bewegten sich. Dahinter tauchten undeutlich die runzligen Gesichter alter Frauen auf.

Ganz am Ende des Dorfs, vor dem Zaun einer Wiese, auf der zwei Pferde galoppierten, stand ein niedriges Haus mit schiefem Dach. Maigret drehte sich um, hörte die Schritte des Bürgermeisters am anderen Ende des Dorfs und trat ein, ohne vorher anzuklopfen.

Sofort rührte sich etwas im Halbdunkel. Eine schwarze Gestalt, der weiße Fleck einer Haube.

»Was ist?«, fragte eine alte Frau, die gekrümmt angetrippelt kam.

Es war heiß und roch nach Stroh, Kohl und Hühnerstall.

Maigret, der mit dem Kopf fast gegen die Decke stieß, sah eine Tür hinten im Zimmer, und er wusste, dass es jetzt schnell zu handeln galt. Ohne etwas zu sagen, ging er hin und öffnete die Tür. Madame Grandmaison saß dort und schrieb. Jean Martineau stand neben ihr.

Einen Moment lang waren beide verlegen. Die Frau erhob sich von dem Binsenstuhl, auf dem sie saß, und Martineau streckte die Hand nach dem Blatt Papier aus und zerknüllte es. Instinktiv rückten die beiden näher zusammen.

Das Häuschen bestand nur aus zwei Räumen. Der hier war das Schlafzimmer der alten Frau. An den weiß gekalkten Wänden hingen zwei Fotos und bunte Drucke in schwarzen und goldenen Rahmen. Ein sehr hohes Bett. Der Tisch, an dem Madame Grandmaison geschrieben hatte, diente sonst als Waschtisch, aber man hatte die Waschschüssel weggenommen.

»Ihr Mann wird in wenigen Minuten hier sein«, sagte Maigret ohne Umschweife.

Und Martineau brummte wütend:

»Ist das Ihr Werk?«

»Schweig, Raymond.«

Sie duzte ihn, und sie nannte ihn nicht Jean, sondern Raymond. Maigret ging zur Tür, um zu horchen, und kehrte dann zu dem Paar zurück.

»Würden Sie mir bitte das Schreiben geben?«

Sie sahen sich an. Madame Grandmaison war blass und wirkte erschöpft. Maigret hatte sie schon einmal gesehen, als Dame von Welt, als Hausherrin, die sich der heiligen Aufgabe widmete, Gäste bei sich zu empfangen. Ihm war dabei ihre Gewandtheit aufgefallen und die Anmut, mit der sie eine Tasse Tee zu reichen oder auf ein Kompliment zu antworten verstand.

Er hatte sich ihr Leben ausgemalt: die Führung des Haushalts in Caen, die Besuche, die Erziehung der Kinder. Zwei bis drei Monate jährlich ein Aufenthalt in einem Kurort oder Seebad. Ihre Eleganz war gemäßigt. Würde war ihr wichtiger, als hübsch auszusehen.

Sie war auch jetzt die Dame von Welt, aber da war noch etwas anderes. Sie zeigte mehr Kaltblütigkeit als ihr Begleiter, der nahe daran war, die Fassung zu verlieren.

»Gib ihm den Brief«, sagte sie, als er ihn zerreißen wollte.

Es stand fast nichts auf dem Blatt:

Sehr geehrter Herr Direktor,
höflich möchte ich Sie darum bitten …

Eine große, schräge Schrift, wie man sie zu Beginn des Jahrhunderts in Mädchenpensionaten gelehrt hatte.

»Sie sind heute Morgen zweimal angerufen worden, nicht wahr? Einmal von Ihrem Mann … Oder vielmehr, Sie haben ihn angerufen, um ihm zu sagen, dass Sie nach Ouistreham kämen. Dann hat Monsieur Martineau Sie angerufen und Sie gebeten, hierherzukommen. Er hat Sie mit einem Lieferwagen an der Kreuzung abholen lassen.«

Auf dem Tisch hinter dem Tintenfass lag etwas, das Maigret zunächst nicht gesehen hatte: ein Bündel Tausendfrancscheine.

Martineau folgte seinem Blick. Zu spät, um einzugreifen. Und so ließ er sich müde auf die Bettkante fallen und blickte niedergeschlagen zu Boden.

»Haben Sie ihm das Geld mitgebracht?«

Wieder einmal die typische Atmosphäre dieses Falls! Wie in der Villa in Ouistreham, als Maigret Grand-Louis dabei überraschte, wie er den Bürgermeister verprügelte, und beide dann schwiegen. Wie in der Nacht zuvor an Bord der Saint-Michel, als die drei Männer ihm nicht geantwortet hatten.

Diese Sturheit! Der feste Vorsatz, nicht das geringste Wort der Erklärung zu sagen.

»Ich nehme an, dieser Brief ist an einen Schuldirektor gerichtet. Da Ihr Sohn im Stanislas ist, geht es in dem Brief wahrscheinlich um ihn. Und was das Geld betrifft ... Richtig, Martineau hat ja das gestrandete Schiff in aller Eile verlassen müssen und ist an Land geschwommen. Vermutlich hat er seine Brieftasche dort gelassen, und Sie haben ihm nun Geld gebracht, damit er ...«

Und plötzlich in verändertem Ton:

»Und die anderen, Martineau? Alle gesund und munter?«

Der Mann zögerte, nickte aber schließlich.

»Ich frage Sie nicht, wo sie sich verstecken. Ich weiß, dass Sie es nicht sagen werden.«

»Stimmt!«

»Was stimmt?«

Die Tür hatte sich soeben geöffnet. Es war der Bürgermeister, der das gesagt hatte. Er keuchte vor Zorn und ballte die Fäuste, bereit, sich auf den Feind zu stürzen, und sein Blick ging von seiner Frau zu Martineau und von Martineau zu dem Bündel Geldscheine, das noch auf dem Tisch lag.

Ein drohender Blick, aber auch Angst und Verzweiflung waren darin zu lesen.

»Was stimmt? Was hat er gesagt? Was für eine neue Lüge hat er sich ausgedacht? Und sie? Sie, die … die …« Die Stimme versagte ihm. »Was stimmt? Was geht hier vor? Was für ein Komplott wird hier geschmiedet? Wem gehört dieses Geld?«

Man hörte die alte Frau nebenan ihre Hühner rufen:

»Put, put, put …«

Maiskörner rieselten auf die blauen Steinstufen. Das Huhn einer Nachbarin wurde mit einem Fußtritt verscheucht.

»Friss zu Hause, du schwarzer Teufel!«

Im Schlafzimmer: nichts. Dumpfes Schweigen,

ein Schweigen, schwer lastend wie der Himmel an diesem regnerischen Morgen.

Menschen, die Angst hatten. Denn sie hatten Angst. Alle … Martineau, die Frau, der Bürgermeister. Jeder hatte eine andere Angst.

Und da wurde Maigret feierlich und sagte, jedes Wort betonend wie ein Richter:

»Ich bin von der Staatsanwaltschaft mit der Verhaftung des Mörders von Kapitän Joris beauftragt, der von einer Revolverkugel am Schädel verletzt und einen Monat später in seinem Haus durch Strychnin vergiftet worden ist. Hat einer von Ihnen eine Erklärung abzugeben?«

Bis dahin hatte niemand gemerkt, dass dieses Zimmer nicht geheizt war, aber plötzlich froren alle. Jede Silbe hatte wie in einer Kirche gehallt. Es war, als vibrierten die Worte noch in der Luft.

»… Strychnin … vergiftet …«

Und vor allem die letzten:

»Hat einer von Ihnen eine Erklärung abzugeben?«

Martineau senkte als Erster den Kopf, Madame Grandmaison blickte mit glänzenden Augen abwechselnd ihren Mann und den Norweger an.

Niemand antwortete.

Zwei Minuten … drei Minuten … Die alte Frau legte nebenan Scheite aufs Feuer.

Dann wieder Maigret, betont kühl:

»Im Namen des Gesetzes, Sie sind verhaftet, Monsieur Martineau.«

Die Frau schrie auf und machte eine Bewegung, als wollte sie Martineau zu Hilfe eilen, aber fast im selben Augenblick brach sie ohnmächtig zusammen.

Wutschnaubend drehte sich der Bürgermeister zur Wand.

Maigret beugte sich über sie, sah sich nach dem Wasserkrug um und rief dann der alten Frau im Nebenzimmer zu:

»Haben Sie Essig?«

Einige Augenblicke später kam Madame Grandmaison wieder zu sich.

»Sind Sie in der Lage zu gehen?«

Sie nickte.

»Sie folgen mir, Messieurs, nicht wahr? Ich hoffe, ich kann diesmal darauf zählen, dass Sie keine Sperenzchen machen.«

Die alte Frau sah ihnen bestürzt nach. Erst als sie draußen waren, lief sie zur Tür und rief:

»Werden Sie zum Mittagessen wieder da sein, Monsieur Raymond?«

Raymond! Es war das zweite Mal, dass dieser Vorname fiel. Der Mann schüttelte den Kopf.

Die vier gingen langsam durch das Dorf. Vor dem Tabakladen blieb Martineau stehen, zögerte und sagte dann zu Maigret:

»Entschuldigen Sie. Da ich nicht weiß, ob ich noch einmal herkommen werde, möchte ich keine Schulden hinterlassen. Ich bin hier ein Telefongespräch, einen Grog und ein Päckchen Zigaretten schuldig.«

Es war Maigret, der zahlte.

Sie kamen an der Kirche vorbei. Am Ende des Hohlwegs wartete der Wagen. Der Kommissar ließ die anderen einsteigen und sagte dann zum Chauffeur: »Fahren Sie nach Ouistreham und halten Sie zunächst vor der Gendarmerie.«

Während der Fahrt schwiegen alle. Immer noch regnete es, und der Wind, der allmählich wieder stärker wurde, schüttelte die feuchten Bäume.

Vor der Gendarmerie bat Maigret Martineau auszusteigen und gab dem Polizisten Instruktionen.

»Sperren Sie ihn in die Zelle! Sie sind mir für ihn verantwortlich. Was Neues hier?«

»Der Schlepper ist angekommen. Man wartet auf die Flut, um das Schiff wieder flottzumachen.«

Der Wagen fuhr weiter. Man kam am Hafen vorüber. Maigret ließ den Fahrer noch einmal anhalten und stieg für einen Augenblick aus.

Es war Mittag. Die Schleusenarbeiter waren auf ihren Posten, denn ein Dampfer aus Caen war gemeldet worden. Der Sandstreifen am Strand war geschrumpft, und die weißen Wogen leckten fast die Dünen.

Rechts wohnte eine große Menschenmenge

einem fesselnden Schauspiel bei: Der Schlepper aus Trouville lag weniger als fünfhundert Meter von der Küste entfernt vor Anker. Ein Boot näherte sich mühsam der Saint-Michel, die die Flut wieder halb aufgerichtet hatte.

Auch der Bürgermeister verfolgte dieses Schauspiel. Kapitän Delcourt kam aus der Seemannskneipe.

»Werden sie's schaffen?«, fragte der Kommissar.

»Ich glaube, ja. Seit zwei Stunden sind ein paar Männer dabei, das Schiff von allem Ballast zu befreien. Wenn die Trossen nicht reißen …«

Und er blickte zum Himmel, als wäre der eine Wetterkarte, von der man die Launen des Windes ablesen konnte.

»Das alles muss nur erledigt sein, ehe die Flut ihren höchsten Stand erreicht hat.«

Er bemerkte den Bürgermeister und dessen Frau im Auto, grüßte sie respektvoll, sah aber trotzdem Maigret fragend an.

»Neuigkeiten?«

»Ich weiß es nicht.«

Lucas kam auf die beiden zu. Er hatte Neuigkeiten, aber ehe er den Mund aufmachte, zog er seinen Chef beiseite.

»Man hat Grand-Louis gefasst.«

»Was?«

»Durch seine eigene Schuld. Heute Morgen haben die Gendarmen von Dives Fußspuren auf den Feldern entdeckt. Jemand, der geradeaus gegangen und über die Hecken gestiegen war. Die Spuren führten zur Orne. Zu der Stelle, wo ein Fischer immer sein Boot an Land zieht. Allerdings war das Boot am anderen Ufer.«

»Haben die Gendarmen den Fluss überquert?«

»Ja, und sie sind fast gegenüber von dem gestrandeten Schiff an den Strand gelangt. Dort am Rand der Dünen sind …«

»Die Ruinen einer Kapelle.«

»Sie wissen das?«

»Die Kapelle Unserer Lieben Frau in den Dünen …«

»Nun, da haben sie Grand-Louis aufgespürt. Er hockte da und beobachtete, wie man die Saint-Michel wieder flottzumachen versuchte. Als ich kam, flehte er die Gendarmen an, ihn nicht sofort mitzunehmen, ihn am Strand zu lassen, bis die Arbeit beendet sei. Ich habe es erlaubt. Er ist dort in Handschellen und gibt Befehle, weil er Angst hat, sein Schiff zu verlieren. Wollen Sie ihn sehen?«

»Ich weiß nicht. Vielleicht nachher.«

Denn da waren noch die beiden anderen, die im Wagen, Monsieur und Madame Grandmaison, die geduldig warteten.

»Glauben Sie, dass wir die Wahrheit noch rausbekommen?«

Und da Maigret nicht antwortete, fügte Lucas hinzu:

»Ich glaube allmählich das Gegenteil. Sie lügen alle! Die, die nicht lügen, schweigen, obwohl sie etwas wissen. Man könnte fast glauben, der ganze Ort sei schuld an Joris' Tod.«

Aber der Kommissar zuckte nur mit den Schultern und murmelte:

»Bis gleich.«

Im Wagen wies er den Chauffeur zu dessen großer Überraschung an:

»Nach Hause.«

Als spräche er von seinem eigenen Haus, als wäre er selbst der Hausherr.

»Das Haus in Caen?«

Daran hatte der Kommissar gar nicht gedacht. Aber das brachte ihn auf eine Idee:

»Ja, nach Caen.«

Monsieur Grandmaison runzelte die Stirn, während seine Frau keine Regung mehr zeigte. Sie schien sich mit ihrem Schicksal abgefunden zu haben, keinerlei Widerstand leisten zu wollen.

Vom Stadtrand bis zur Rue du Four zogen mindestens fünfzig Männer den Hut. Alle schienen Monsieur Grandmaisons Wagen zu kennen, und sie grüßten respektvoll, als wäre der Reeder ein Lehnsherr, der seine Güter bereist.

»Nur eine Formalität«, sagte Maigret leise, als das Auto anhielt. »Entschuldigen Sie, dass ich Sie hergebracht habe. Aber wie ich Ihnen schon heute Morgen sagte, bis zum Abend sollte das Ganze erledigt sein.«

Eine stille Straße, gesäumt von imposanten, herrschaftlichen Häusern, wie man sie nur noch in der Provinz findet. Ein Gebäude aus schwärzlichem Stein mit einem Hof davor. Am Tor ein Messingschild: *Compagnie Anglo-Normande – Schifffahrtsgesellschaft*. Im Hof ein Schild mit einem Pfeil: *Büros*. Ein weiteres Schild, noch ein Pfeil: *Kasse*. Ein Hinweis: *Büroöffnungszeiten 9–16 Uhr*

Es war kurz nach zwölf. Sie hatten nur zehn Minuten für die Fahrt gebraucht. Um diese Zeit waren die meisten Angestellten beim Mittagessen, ein paar wenige hielten die Stellung in düsteren, feierlichen Räumen mit dicken Teppichen und Louis-Philippe-Möbeln.

»Wollen Sie in Ihre Wohnung gehen, Madame? Ich werde mich nachher noch mit Ihnen unterhalten.«

Im Erdgeschoss befanden sich nur Büros. Eine große Halle, von der eine Marmortreppe in den ersten Stock führte, den die Grandmaisons bewohnten.

Der Bürgermeister wartete verdrossen darauf, dass Maigret über ihn entschied.

»Was wollen Sie wissen?«, murmelte er.

Und er verdeckte sein Gesicht mit dem Mantelkragen und drückte sich den Hut tief in die Stirn, damit seine Angestellten nicht sahen, was Grand-Louis' Fäuste angerichtet hatten.

»Nichts Besonderes. Ich bitte Sie nur um die Erlaubnis, im Haus umhergehen zu dürfen, um mir ein Bild zu machen.«

»Brauchen Sie mich?«

»Nein.«

»Dann gestatten Sie, dass ich zu meiner Frau hinaufgehe.«

Der Respekt, mit dem er von ihr sprach, bildete einen starken Kontrast zu der Szene am Morgen im Häuschen der alten Frau.

Maigret sah ihn auf der Treppe verschwinden, ging hinten in den Flur und vergewisserte sich, dass das Gebäude nur einen Ausgang hatte.

Dann suchte er draußen einen Polizisten und postierte ihn unweit vom Tor.

»Verstanden? Lassen Sie alle unbehelligt hinaus, außer dem Reeder. Kennen Sie ihn?«

»Natürlich! Aber … Was hat er getan? Ein Mann wie er! Wissen Sie, dass er Präsident der Handelskammer ist?«

»Umso besser!«

Rechts in der Halle ein Büro: *Sekretariat*. Maigret klopfte, stieß die Tür auf, schnupperte Zigarrengeruch, sah aber niemanden.

Links ein anderes Büro: *Verwaltung*. Überall die gleiche ernste und feierliche Atmosphäre, die gleichen dunkelroten Teppiche, goldgemusterten Tapeten, reich verzierten Deckensimse.

Hier würde gewiss niemand wagen, mit lauter Stimme zu sprechen. Man sah geradezu würdige Herren im Nadelstreifenanzug vor sich, die bedächtig sprachen, während sie dicke Zigarren rauchten.

Eine seriöse, solide Firma. Eine alte Provinzfirma, die Generationen hindurch vom Vater auf den Sohn überging.

»Monsieur Grandmaison? Seine Unterschrift ist Gold wert.«

Maigret war jetzt in seinem Büro, das im Empirestil eingerichtet war, wie es sich für einen Direktor ziemte. An den Wänden Fotografien von Schiffen, Statistiken, Grafiken, bunte Tabellen.

Während er dort hin und her ging, öffnete sich die Tür, und der weißhaarige Kopf eines alten Mannes tauchte auf.

»Was machen Sie hier?«, sagte er erschrocken.

»Polizei«, erwiderte Maigret so kühl wie möglich.

Er sah, wie der alte Mann ihn fassungslos anstarrte.

»Keine Sorge! Es handelt sich um etwas, womit Ihr Chef mich beauftragt hat. Sie sind doch …«

»Der Hauptkassierer«, beeilte sich der Mann zu versichern.

»Und Sie sind hier im Haus seit … seit …«

»… seit zweiundvierzig Jahren. Ich bin schon zur Zeit von Monsieur Charles eingetreten.«

»Und das nebenan ist Ihr Büro? Und im Augenblick leiten Sie die Firma, nicht wahr? Jedenfalls hat man mir das gesagt.«

Maigret tat so, als wäre er völlig im Bilde. Man brauchte nur das Haus und diesen treuen Angestellten zu sehen, um alles zu erraten.

»Das versteht sich sozusagen von selbst, nicht wahr? Da Monsieur Ernest nicht hier ist …«

»Monsieur Ernest?«

»Nun, Monsieur Grandmaison. Ich habe ihn schon als kleinen Jungen gekannt, deshalb nenne ich ihn immer noch Ernest.«

Ganz selbstverständlich ging Maigret in das Büro des Alten. Ein Büro ohne Luxus, wo man spürte, dass die Allgemeinheit nicht zugelassen war, und in dem sich die Akten stapelten.

Auf dem Schreibtisch sah er unter vielen anderen Dingen in Papier eingewickelte Sandwiches. Auf dem Ofen dampfte eine kleine Kaffeekanne.

»Nehmen Sie Ihre Mahlzeiten hier ein, Monsieur … Ach, ich habe leider Ihren Namen vergessen …«

»Bernardin. Aber alle nennen mich Père Bernard. Da ich allein lebe, lohnt es nicht, zum Mittagessen nach Hause zu gehen … Hat Monsieur Ernest Sie wegen des kleinen Diebstahls letzte Woche rufen lassen? Er hätte es mir sagen sollen, denn inzwischen ist das wieder in Ordnung gebracht worden. Ein junger Mann hatte zweitausend Franc aus der Kasse genommen, aber sein Onkel hat es zurückgezahlt. Der junge Mann hat geschworen … Verstehen Sie? In dem Alter! Er ist wohl in schlechte Gesellschaft geraten.«

»Wir werden über all das nachher sprechen. Aber essen Sie jetzt bitte weiter. Sie waren also Monsieur Charles' Vertrauensmann, ehe Sie der von Monsieur Ernest wurden.«

»Ich war Kassierer. Damals gab es hier noch keinen Hauptkassierer. Ich könnte sogar sagen, der Titel ist für mich geschaffen worden.«

»Ist Monsieur Ernest der einzige Sohn von Monsieur Charles?«

»Ja, der einzige. Er hatte auch noch eine Tochter, die einen Industriellen in Lille geheiratet hatte, aber sie ist im Wochenbett gestorben, ebenso wie das Kind.«

»Aber Monsieur Raymond?«

Der Alte hob erstaunt den Kopf.

»Ach, hat Monsieur Ernest Ihnen gesagt …«

Der Mann zeigte sich jetzt etwas reservierter.

»Gehört er nicht zur Familie?«

»Ein Cousin. Auch ein Grandmaison. Aber er hatte kein Vermögen. Sein Vater ist in den Kolonien gestorben. Das gibt es in allen Familien, nicht wahr?«

»Ja, in allen«, erwiderte Maigret, ohne mit der Wimper zu zucken.

»Monsieur Ernests Vater hat ihn sozusagen adoptiert, das heißt, er hat ihm hier eine Stelle verschafft.«

Maigret brauchte genaue Auskünfte und hörte auf, den Wissenden zu spielen.

»Einen Augenblick, Monsieur Bernardin. Die Firma ist also von Monsieur Charles Grandmaison gegründet worden. Monsieur Charles Grandmaison hatte einen einzigen Sohn, und das ist Monsieur Ernest, der jetzige Chef.«

»Ja.«

»Und Monsieur Charles hatte einen Bruder, der in den Kolonien gestorben ist und dessen Sohn, Raymond Grandmaison, er bei sich aufgenommen hat.«

»Ja. Aber ich …«

»Warten Sie! Essen Sie doch, bitte. Man hat Raymond Grandmaison, einer Waise ohne Vermögen, eine Stellung in der Firma gegeben. Was war das für eine Stellung?«

Leicht verlegen erwiderte Bernardin:

»Man hat ihn in die Frachtabteilung gesteckt, sozusagen als Abteilungsleiter.«

»Und als Monsieur Charles starb und Monsieur

Ernest die Firma übernahm, war Monsieur Raymond noch da.«

»Ja.«

»Es kam zu einem Zwist. War Monsieur Ernest da schon verheiratet?«

»Ich weiß nicht, ob ich berechtigt bin …«

»Ich gebe Ihnen den guten Rat, mir alles zu sagen, wenn Sie auf Ihre alten Tage nicht Scherereien mit der Justiz haben wollen.«

»Der Justiz? Ist Monsieur Raymond zurückgekommen?«

»Das spielt keine Rolle. War Monsieur Ernest damals schon verheiratet?«

»Nein, noch nicht.«

»Monsieur Ernest war also der Chef und sein Cousin Raymond Abteilungsleiter. Was ist geschehen?«

»Ich glaube nicht, dass ich das Recht habe …«

»Ich erteile es Ihnen.«

»So etwas kommt in allen Familien vor … Monsieur Ernest ist ein seriöser Mann wie sein Vater. Selbst in einem Alter, in dem man sonst Dummheiten macht, war er schon wie jetzt.«

»Und Monsieur Raymond?«

»Das genaue Gegenteil.«

»Und das heißt?«

»Ich bin außer Monsieur Ernest der Einzige hier, der davon weiß. Man hat Unregelmäßigkeiten in den Büchern entdeckt. Ziemlich gewichtige Unregelmäßigkeiten.«

»Und dann?«

»Monsieur Raymond ist verschwunden. Das heißt, statt ihn anzuzeigen, hat Monsieur Ernest ihn gebeten, ins Ausland zu gehen.«

»Nach Norwegen?«

»Ich weiß es nicht. Ich habe nie mehr etwas über ihn gehört.«

»Und bald darauf hat Monsieur Ernest geheiratet?«

»Ja. Ein paar Monate danach.«

An den Wänden standen Regale voll dunkelgrüner Aktenordner. Der alte Mann aß ohne Appetit. Nun war er doch beunruhigt und ärgerte sich darüber, dass er sich hatte aushorchen lassen.

»Wie lange ist das her?«

»Warten Sie … Es war im Jahr, als der Kanal verbreitert wurde … Etwa fünfzehn Jahre ist das her.«

Seit einigen Augenblicken hörte man oben jemanden hin und her gehen.

»Ist da der Salon?«, fragte Maigret.

»Ja.«

Plötzlich hastige Schritte, ein dumpfer Knall, das Geräusch eines Körpers, der zu Boden fiel.

Der alte Bernardin war weißer als das Papier, in das seine Sandwiches eingewickelt waren.

13

Das Haus gegenüber

Monsieur Grandmaison war tot. Ausgestreckt auf dem Teppich, der Kopf neben einem Tischbein, die Beine unter dem Fenster, wirkte er riesig. Man sah kaum Blut. Die Kugel war zwischen zwei Rippen eingedrungen und hatte das Herz getroffen.

Den Revolver, der ein paar Zentimeter neben ihm lag, hatte er in dem Augenblick losgelassen, da er zusammensackte.

Madame Grandmaison weinte nicht. Sie stand an den monumentalen Kamin gelehnt und betrachtete ihren Mann, als hätte sie noch nicht begriffen, was geschehen war.

»Er ist tot«, sagte Maigret nur und erhob sich wieder.

Ein großer und strenger, trister Salon. Dunkle Vorhänge vor den Fenstern, durch die das graue Tageslicht drang.

»Hat er mit Ihnen gesprochen?«

Sie schüttelte den Kopf. Dann stammelte sie:

»Seit wir zurück waren, ist er unentwegt auf und

ab gegangen. Zwei- oder dreimal hat er sich mir zugewandt, und ich habe geglaubt, er will mir etwas sagen. Dann hat er geschossen. Es ging so schnell. Ich habe nicht mal den Revolver gesehen.«

Sie konnte wohl kaum einen klaren Gedanken fassen, ihre Augen aber blieben trocken.

Man merkte ihr nur allzu deutlich an, dass sie Grandmaison nie geliebt hatte, nie leidenschaftlich jedenfalls.

Er war ihr Mann. Sie erfüllte ihre Pflichten ihm gegenüber. Aus der Gewohnheit, dem Leben zu zweit, war eine Art Zuneigung entstanden.

Aber nun, vor dem Toten, hatte sie keinen dieser heftigen Ausbrüche, die von leidenschaftlicher Liebe künden.

Mit matter Stimme fragte sie: »War er es?«

»Ja, er war es«, erwiderte Maigret.

Und er sah, wie ihr Blick suchend zur Straße hinging und etwas wie Sehnsucht in ihren Augen schimmerte.

»Erlauben Sie mir, dass ich Ihnen zwei, drei Fragen stelle, ehe die Leute kommen?«

Sie nickte.

»Haben Sie Raymond schon vor Ihrem Mann gekannt?«

»Ich habe gleich gegenüber gewohnt.«

Ein graues Haus, das diesem sehr ähnlich war. Über der Tür das vergoldete Schild eines Notars.

»Ich liebte Raymond, und er liebte mich. Sein Cousin machte mir auch den Hof, aber auf seine Art.«

»Zwei sehr verschiedene Männer, nicht wahr?«

»Ernest war damals schon so, wie Sie ihn erlebt haben. Kalt, alterslos. Raymond dagegen hatte einen schlechten Ruf, weil er ein aufregendes Leben führte, wie man es in Kleinstädten nicht gewohnt ist.

Deswegen, und auch weil er kein Vermögen hatte, zögerte mein Vater, seine Einwilligung zu unserer Heirat zu geben.«

Seltsam, diese neben einer Leiche gemurmelten Geständnisse. Die traurige Bilanz eines Lebens.

»Sind Sie die Geliebte Raymonds gewesen?«

Wieder nickte sie.

»Und er ist fortgegangen?«

»Ohne jemandem etwas zu sagen. Eines Nachts. Durch seinen Cousin habe ich es erfahren. Er hatte einen Teil der Kasse mitgenommen.«

»Und Ernest hat Sie geheiratet. Ihr Sohn ist nicht von ihm, nicht wahr?«

»Er ist Raymonds Sohn. Nachdem er gegangen war und mich allein zurückgelassen hatte, merkte ich, dass ich Mutter werden würde. Und Ernest bat mich um meine Hand. Schauen Sie sich die beiden Häuser an, die Straße, die Stadt. Hier kennt jeder jeden.«

»Haben Sie Ernest die Wahrheit gesagt?«

»Ja. Er hat mich trotzdem geheiratet. Das Kind ist in Italien geboren worden, wo ich fast ein Jahr geblieben bin, damit kein Klatsch aufkam. Ich hielt die Haltung meines Mannes für geradezu heroisch.«

»Und?«

Sie wandte den Kopf ab, denn ihr Blick war auf die Leiche gefallen. Leise seufzte sie:

»Ich weiß nicht. Ich glaube, er liebte mich, auf seine Art. Er begehrte mich. Und er hat mich bekommen. Können Sie das verstehen? Ein Mann, dem jeder Elan fehlte. Als wir verheiratet waren, hat er wie vorher ganz für sich gelebt. Ich gehörte sozusagen zum Hausstand. Ich war für ihn eine Art Angestellte auf einem Vertrauensposten. Ich weiß nicht, ob er später noch einmal etwas von Raymond gehört hat, aber als der Junge eines Tages zufällig ein Foto von ihm sah und nach ihm fragte, hat Ernest nur geantwortet:

›Ein Cousin, der auf die schiefe Bahn geraten ist.‹«

Maigret war sehr ernst und tief bewegt. Ein Leben setzte sich vor ihm zusammen, mehr als ein einziges Leben, das Leben eines Hauses, das Leben einer Familie.

Fünfzehn Jahre hatte es gewährt. Neue Dampfer wurden gekauft, Empfänge hier im Salon gegeben, man traf sich zum Bridge, zum Tee. Kinder wurden getauft.

Den Sommer verbrachte man in Ouistreham und in den Bergen.

Und jetzt war Madame Grandmaison so erschöpft, dass sie sich in einen Sessel fallen ließ und sich mit schlaffer Hand übers Gesicht fuhr.

»Ich verstehe das nicht«, stammelte sie. »Dieser Kapitän, den ich nie gesehen habe … Glauben Sie wirklich …«

Maigret spitzte die Ohren und öffnete dann die Tür. Der alte Kassierer stand mit beklommener Miene auf dem Treppenabsatz, war aber zu scheu, ins Zimmer zu treten. Er blickte den Kommissar fragend an.

»Monsieur Grandmaison ist tot. Benachrichtigen Sie den Hausarzt. Wir werden es den Angestellten und dem Hauspersonal erst später sagen.«

Maigret schloss die Tür wieder und hätte fast seine Pfeife aus der Tasche gezogen.

Er empfand plötzlich Bewunderung und Sympathie für diese Frau, die ihm, als er sie das erste Mal gesehen hatte, wie irgendeine beliebige Dame der Gesellschaft erschienen war.

»Hat Ihr Mann Sie vorgestern nach Paris geschickt?«

»Ja. Ich wusste nicht, dass Raymond in Frankreich war. Mein Mann hat mich nur gebeten, meinen Sohn aus dem Internat zu holen und ein paar Tage mit ihm im Süden zu verbringen. Ich verstand das nicht. Ich habe trotzdem gehorcht. Aber als ich im Hôtel de Lutèce eintraf, hat Ernest mich angerufen und mir gesagt, ich solle nicht ins Internat gehen, sondern gleich zurückfahren.«

»Und heute Morgen hat Raymond Sie hier angerufen?«

»Ja. Er hat mich gebeten, ihm etwas Geld zu bringen. Er hat mir geschworen, unser aller Seelenfrieden hinge davon ab.«

»Hat er nicht Ihren Mann beschuldigt?«

»Nein, dort in dem kleinen Haus hat er überhaupt nicht von ihm gesprochen, sondern von Freunden, Seeleuten, denen er Geld geben musste, damit sie das Land verlassen konnten. Er hat etwas von einem gestrandeten Schiff gesagt.«

Der Arzt kam, ein Freund der Familie, und betrachtete erschrocken die Leiche.

»Monsieur Grandmaison hat sich das Leben genommen«, sagte Maigret mit fester Stimme. »Ihre Aufgabe ist es festzustellen, an welcher Krankheit er gestorben ist. Verstehen Sie mich? Die Polizei werde ich selber benachrichtigen.«

Er verneigte sich vor Madame Grandmaison, die zögerte und dann sagte:

»Sie haben mir nicht gesagt, warum …«

»Raymond wird es Ihnen eines Tages sagen. Eine

letzte Frage: Am 16. September war Ihr Sohn bei Ihrem Mann in Ouistreham, nicht wahr?«

»Ja. Er ist dort bis zum 20. geblieben.«

Maigret ging mit schweren Schritten die Treppe hinunter. Es war, als trüge er eine Last auf den Schultern.

Draußen warf er einen letzten Blick zu den Fenstern hinauf und auch einen Blick auf das Haus gegenüber, in dem Madame Grandmaison ihre Jugend verbracht hatte.

Er seufzte.

»Kommen Sie!«

Maigret hatte die Tür der Zelle geöffnet, in der Raymond eingesperrt war, und er machte dem Gefangenen ein Zeichen, ihm zu folgen. Er ging vor ihm auf die Straße hinaus und wandte sich dann Richtung Hafen.

Raymond war über diese seltsame Befreiung verwundert und zugleich ein wenig beunruhigt.

»Haben Sie mir nichts zu sagen?«, brummte Maigret sichtlich verstimmt.

»Nichts.«

»Ist es Ihr Wunsch, verurteilt zu werden?«

»Ich werde den Richtern wiederholen, dass ich niemanden getötet habe.«

»Aber Sie werden ihnen nicht die Wahrheit sagen?«

Raymond senkte den Kopf. Schon tauchte das Meer vor ihnen auf, und man hörte das Pfeifen des Schleppers, der auf die Molen zufuhr und die Saint-Michel an einer Stahltrosse hinter sich herzog.

Da sagte Maigret leise, als wäre es das Natürlichste von der Welt:

»Grandmaison ist tot.«

»Was? Was sagen Sie da?«

Der andere hatte ihn am Arm gepackt, den er heftig drückte.

»Er ist ...«

»Er hat sich vor einer Stunde zu Hause das Leben genommen.«

»Hat er etwas gesagt?«

»Nein. Er ist eine Viertelstunde lang im Salon auf und ab gegangen, dann hat er geschossen. Das ist alles.«

Sie gingen noch einige Schritte weiter. In der Ferne sah man auf den Schleusenmauern eine wimmelnde Menge, die der Bergung des Schiffs zusah.

»Nun, jetzt können Sie mir die Wahrheit sagen, Raymond Grandmaison. In groben Zügen kenne ich sie übrigens. Sie haben Ihren Sohn holen wollen, nicht wahr?«

Keine Antwort.

»Sie haben sich dabei auch von Kapitän Joris helfen lassen. Und das Unglück hat es gewollt ...«

»Schweigen Sie! Wenn Sie wüssten …«

»Kommen Sie hier entlang. Da sind weniger Leute …«

Ein schmaler Weg führte über den verlassenen Strand, gegen den die Wellen schlugen.

»Sind Sie wirklich damals mit der Kasse ausgerissen?«

»Hat Ihnen Hélène das gesagt?« Seine Stimme wurde schneidend. »Ja … Ernest hat ihr gewiss auf seine Art berichtet, was geschehen war. Ich behaupte nicht, dass ich ein Heiliger war. Im Gegenteil! Ich führte ein lockeres Leben, wie man so sagt, und vor allem habe ich eine Zeit lang leidenschaftlich gespielt. Ich habe gewonnen … Ich habe verloren … Eines Tages habe ich tatsächlich in die Kasse der Firma gegriffen, und mein Cousin hat es gemerkt.

Ich habe versprochen, das Geld allmählich zurückzuzahlen. Ich habe ihn gebeten, keinen Skandal daraus zu machen.

Er hat mir nur eine Bedingung gestellt, denn er wollte mich eigentlich anzeigen …

Ich sollte ins Ausland gehen. Nie mehr nach Frankreich zurückkehren.

Verstehen Sie? Er wollte Hélène, und er hat sie bekommen!«

Raymond lächelte schmerzlich und schwieg einen Augenblick, ehe er fortfuhr:

»Andere gehen in den Süden oder in den Orient. Mich zog es in den Norden, ich habe mich in Norwegen niedergelassen. Ich hörte nichts aus der Heimat. Die Briefe, die ich Hélène schrieb, blieben unbeantwortet, und seit gestern weiß ich, dass sie sie nie bekommen hat.

Ich schrieb auch meinem Cousin, ebenfalls vergebens.

Ich will mich nicht besser machen, als ich bin, auch nicht durch eine unglückliche Liebesgeschichte Ihr Mitleid erregen. Nein! Am Anfang habe ich gar nicht viel darüber nachgedacht. Sie sehen, ich bin aufrichtig. Ich arbeitete … Ich hatte jede Menge Schwierigkeiten … Abends überfiel mich immer Heimweh.

Ich hatte viel Ärger. Eine Firma, die ich gegründet hatte, machte schlechte Geschäfte. Jahrelang ging es auf und ab, und das in einem Land, in dem ich nicht zu Hause war.

Ich habe dort meinen Namen geändert. Und um geschäftlich voranzukommen, habe ich die norwegische Staatsangehörigkeit angenommen.

Hin und wieder besuchten mich Offiziere von irgendeinem französischen Schiff, und so habe ich eines Tages erfahren, dass ich einen Sohn habe.

Ganz sicher war ich nicht, aber dann habe ich die Daten verglichen. Ich war erschüttert. Ich habe Ernest geschrieben, ihn gebeten, mir die Wahrheit zu sagen und mich nach Frankreich zurückkehren zu lassen, und sei es auch nur für ein paar Tage.

Er hat mir telegrafisch geantwortet:

Verhaftung an der Grenze.

Die Zeit ging dahin. Ich habe alles darangesetzt, Geld zu verdienen. Ich will Sie damit nicht langweilen, aber ich spürte immer eine Leere in meinem Inneren.

In Tromsø ist drei Monate im Jahr völlige Nacht. Das Heimweh wurde heftiger. Manchmal bekam ich wahre Wutanfälle.

Ich setzte mir ein Ziel, um mich über meine Lage hinwegzutäuschen: so reich zu werden wie mein Cousin.

Und das ist mir geglückt. Ich habe mit dem Kabeljaurogen hervorragende Geschäfte gemacht. Aber als ich mein Ziel erreicht hatte, fühlte ich mich unglücklicher als je zuvor.

Also bin ich nach Frankreich zurückgekehrt. Ich war entschlossen zu handeln! Nach gut fünfzehn Jahren! Ich habe meinen Jungen am Strand gesehen und Hélène von ferne.

Und ich habe mich gefragt, wie ich bis dahin ohne meinen Sohn hatte leben können. Verstehen Sie?

Ich habe ein Schiff gekauft. Wenn ich es unter meinem eigenen Namen gekauft hätte, hätte mein Cousin nicht gezögert, mich verhaften zu lassen, denn er hatte Beweise.

Sie haben meine Männer gesehen. Anständige Leute, auch wenn sie vielleicht nicht so wirken.

Alles war genau verabredet.

An jenem Abend war Ernest Grandmaison mit dem Jungen allein zu Hause. Um ganz sicher zu sein, dass die Entführung gelang, habe ich Kapitän Joris um Hilfe gebeten. Ich kannte ihn aus Norwegen, als er noch zur See fuhr.

Er war mit dem Bürgermeister bekannt. Er sollte ihn unter irgendeinem Vorwand besuchen und ihn ablenken, während Grand-Louis und ich meinen Sohn entführten.

Und da ist das Unglück geschehen. Joris war mit meinem Cousin im Arbeitszimmer. Wir hatten uns von hinten ins Haus geschlichen. Unglücklicherweise sind wir im Flur gegen einen Besen gestoßen.

Grandmaison hat es gehört. Er glaubte, man wolle ihn überfallen. Er hat seinen Revolver aus dem Schreibtisch genommen …

Das Übrige? Ich weiß es nicht mehr. Eine verworrene Szene. Joris folgte Grandmaison in den Flur. Es brannte dort kein Licht.

Ein Schuss … Und der Zufall wollte, dass er Joris traf.

Ich war wie irre vor Angst. Ich wollte keinen Skandal, vor allem um Hélènes willen. Konnte ich diese ganze Geschichte der Polizei erklären?

Grand-Louis und ich haben den Verletzten an

Bord der Saint-Michel gebracht. Er musste irgendwo behandelt werden. Wir haben Kurs auf England genommen, wo wir einige Stunden später eingetroffen sind.

Aber ohne Pass ist es unmöglich, an Land zu gehen. Und die Polizei war sehr wachsam. Auf dem Quai standen Wachen.

Ich habe früher mal ein paar Semester Medizin studiert. Ich behandelte Joris an Bord, so gut es ging, aber das genügte nicht. Darum habe ich angeordnet, nach Holland zu fahren. Dort hat man ihn operiert, aber man konnte ihn nicht länger in der Klinik behalten, ohne die Behörden zu benachrichtigen.

Eine scheußliche Reise. Können Sie sich das vorstellen? Wir an Bord mit dem schwer verletzten armen Joris?

Er brauchte einen Monat Ruhe und Pflege. Ich wäre fast mit der Saint-Michel nach Norwegen gefahren, aber das war nicht notwendig, denn durch einen Zufall sind wir einem Schoner begegnet, der zu den Lofoten fuhr.

Ich bin mit Joris an Bord gegangen. Auf dem Meer waren wir sicherer als an Land.

Wir sind acht Tage geblieben, aber auch dort begannen sich die Leute zu fragen, wer dieser geheimnisvolle Gast war.

Wir mussten weiter. Kopenhagen … Hamburg.

Joris ging es besser. Die Wunde war vernarbt, aber er hatte den Verstand und die Sprache verloren.

Was sollte ich da tun? Waren die Chancen nicht größer, dass er zu Hause, in einer vertrauten Umgebung, wieder ganz gesund würde?

Ich wollte ihn wenigstens materiell sicherstellen. Ich habe dreihunderttausend Franc an seine Bank geschickt und mit seinem Namen unterschrieben.

Nun musste er noch zurückgebracht werden. Ich riskierte zu viel, wenn ich selbst mit ihm herkam. Wenn ich ihn in Paris zurückließe, würde er dann nicht von der Polizei aufgegriffen werden, die ihn schließlich identifizieren und nach Hause zurückbringen würde?

Und genau das ist passiert. Nur eins konnte ich nicht voraussehen: dass mein Cousin in seiner Angst, dass Joris ihn anzeigen könnte, ihn feige umbringen würde.

Denn er hat das Strychnin in das Wasserglas getan. Er brauchte nur von hinten ins Haus gehen, als er auf Entenjagd war.«

»Und Sie haben den Kampf wieder aufgenommen«, sagte Maigret langsam.

»Ich musste es. Ich wollte meinen Sohn. Aber mein Cousin war auf der Hut. Der Junge war ins Stanislas zurückgekehrt, und die hätten ihn mir nicht anvertraut.«

Maigret wusste das alles, und jetzt, da er diese

ihm vertraut gewordene Umgebung betrachtete, verstand er besser die Bedeutung des Kampfes, der sich zwischen den beiden Männern abgespielt hatte, ohne dass jemand davon wusste.

Nicht nur ein Kampf zwischen ihnen beiden, sondern auch ein Kampf gegen ihn, Maigret.

Die Polizei durfte nicht eingreifen. Weder der eine noch der andere konnte die Wahrheit sagen.

»Ich bin mit der Saint-Michel gekommen …«

»Ich weiß. Und Sie haben Grand-Louis zum Bürgermeister geschickt.«

Ohne es zu wollen, lächelte Raymond amüsiert, während der Kommissar fortfuhr:

»Einen tobenden Grand-Louis, der sich für alles Unangenehme rächte, was er zuvor erlebt hatte. Er konnte zuschlagen, wie er wollte, sein Opfer würde nie und nimmer reden. Und er hat es mit Herzenslust getan. Durch die Drohung sollte er erreichen, dass Grandmaison einen Brief schrieb, der Sie ermächtigte, den Jungen aus dem Internat zu holen.«

»Ja. Ich war hinter der Villa mit Ihrem Inspektor an den Fersen … Louis hat den Brief an die verabredete Stelle gelegt, und ich bin meinem Verfolger entwischt. Ich bin mit dem Rad nach Caen gefahren und habe mir dort einen Wagen gekauft. Es musste schnell gehen. Während ich auf dem Weg zu meinem Sohn war, blieb Grand-Louis beim Bürgermeister, um ihn daran zu hindern, das Internat zu benachrichtigen. Verlorene Liebesmüh, denn er hatte Hélène beauftragt, den Jungen zu holen, ehe ich dort ankam.

Sie haben mich verhaftet.

Der Kampf war aus. Er ließ sich nicht mehr weiterführen, da Sie verbissen hinter das Geheimnis zu kommen versuchten.

Mir blieb nur noch die Flucht. Sonst hätten Sie unweigerlich den Fall aufgeklärt. So kam es zu den Szenen in der letzten Nacht. Aber das Pech hat uns nicht verlassen. Das Schiff ist gestrandet. Wir haben nur mit großer Mühe an Land schwimmen können, und das Unglück hat es gewollt, dass ich meine Brieftasche verlor.

Kein Geld. Die Gendarmerien waren alarmiert. Mir blieb nur noch eins: Hélène anzurufen und sie um ein paar Tausend Franc zu bitten, damit wir alle vier die Grenze erreichten.

In Norwegen hätte ich die anderen entschädigen können.

Hélène kam sofort.

Aber Sie auch. Sie, der Sie uns immer eine Nasenlänge voraus waren. Sie, der Sie um jeden Preis das Verbrechen aufklären wollten und dem wir nichts sagen konnten. Ich konnte Sie nicht warnen, dass Sie Gefahr liefen, neue Dramen heraufzubeschwören.«

Er blickte Maigret plötzlich beklommen an und fragte in verändertem Ton:

»Hat sich mein Cousin wirklich das Leben genommen?«

Hatte man ihn nicht vielleicht belogen, um ihm ein Geständnis zu entlocken?

»Ja, er hat sich das Leben genommen, als er merkte, dass die Wahrheit ans Licht käme. Das wurde ihm klar, als ich Sie verhaftet habe. Er spürte, dass ich es nur tat, um ihm Zeit zum Nachdenken zu geben.«

Sie waren weitergegangen und blieben dann beide abrupt stehen. Sie waren an der Mole angelangt. Von einem alten Fischer stolz gesteuert, fuhr die Saint-Michel langsam vorüber.

Ein Mann kam herbeigelaufen, schob die Gaffer zur Seite und sprang an Bord. Grand-Louis!

Er war den Gendarmen entwischt, hatte sich von den Handschellen befreit. Er stieß den Fischer weg und ergriff selbst das Steuer.

»Nicht so schnell, verflucht noch mal! Sonst bricht noch alles auseinander!«, brüllte er die Leute auf dem Schlepper an.

»Und die beiden anderen?«, fragte Maigret Raymond.

»Heute Morgen waren sie kaum einen Meter von Ihnen entfernt. Sie hatten sich beide in dem Holzschuppen bei der Alten versteckt.«

Lucas bahnte sich den Weg durch die Menge und kam erstaunt auf Maigret zu.

»Wissen Sie's schon? Man hat sie gefasst.«

»Wen?«

»Lannec und Célestin.«

»Sind sie hier?«

»Die Gendarmen aus Dives haben sie gerade hergebracht.«

»Nun, sag ihnen, sie sollen sie freilassen. Und die beiden sollen zum Hafen kommen.«

Gegenüber sah man das kleine Haus von Kapitän Joris. Der nächtliche Sturm hatte die letzten Rosen im Garten entblättert. Hinter einer Gardine eine Gestalt: Julie, die sich gewiss fragte, ob es wirklich ihr Bruder war, den sie dort auf dem Schiff sah.

An der Schleuse standen die Männer vom Hafen um Kapitän Delcourt herum.

»Die haben es mir mit ihren ausweichenden Antworten sauer gemacht«, seufzte Maigret. Raymond lächelte.

»Seeleute!«

»Ich weiß, und Seeleute mögen es nicht, wenn eine Landratte wie ich sich mit ihren Angelegenheiten befasst.«

Er stopfte seine Pfeife mit dem Zeigefinger. Als er sie angesteckt hatte, murmelte er mit besorgter Miene:

»Was soll man denen nun sagen?«

Ernest Grandmaison war tot. Mussten sie wissen, dass er ein Mörder war?

»Man könnte vielleicht …«, begann Raymond.

»Soll man ihnen sagen, dass es sich um den Racheakt eines ausländischen Seemannes handelt, der wieder abgefahren ist?«

Die Männer vom Schlepper gingen mit schweren Schritten zur Seemannskneipe und machten den Schleusenarbeitern ein Zeichen, ihnen zu folgen.

Grand-Louis eilte auf seinem Schiff hin und her und betastete es überall, so wie man einen wiedergefundenen Hund betastet, um sich zu vergewissern, dass er nicht verletzt ist.

»Hör mal«, rief Maigret ihm zu.

Er zuckte zusammen, zögerte näher zu kommen und sein Schiff von Neuem zu verlassen. Aber dann sah er, dass Raymond frei war, was ihn ebenso verblüffte wie Lucas.

»Was ist?«

»Wann wird die Saint-Michel wieder in See stechen können?«

»Wenn man will, sofort. Es ist nichts kaputt. Ein prächtiges Schiff, wirklich …«

Er blickte Raymond fragend an, der sagte:

»Wenn es so ist, dann können Sie mit Lannec und Célestin eine kleine Vergnügungsfahrt machen.«

»Sind sie hier?«

»Sie kommen gleich. Eine Vergnügungsfahrt

von ein paar Wochen, weit weg, bis man die Saint-Michel hier vergessen hat.«

»Ich könnte vielleicht meine Schwester mitnehmen, damit sie für uns kocht. Wissen Sie, Julie hat keine Angst.«

Aber Maigrets wegen konnte er sich noch nicht richtig freuen. Er dachte an die Ereignisse der letzten Nacht und wusste nicht, ob er darüber lächeln durfte.

»Haben Sie wenigstens nicht allzu sehr gefroren?«

Er stand jetzt am Rand des Hafenbeckens, und Maigret versetzte ihm einen Rippenstoß, sodass er ins Wasser fiel.

»Ich glaube, um sechs Uhr fährt ein Zug nach Paris«, sagte der Kommissar dann.

Aber er konnte sich noch nicht entschließen wegzugehen. Er blickte mit leiser Melancholie um sich, als fiele es ihm schwer, sich von dem kleinen Hafen zu trennen.

Kannte er ihn nicht schon in all seinen Winkeln, in der kühlen Morgensonne ebenso wie im Sturm, im Regen oder Nebel?

»Fahren Sie nach Caen?«, fragte er Raymond, der nicht von seiner Seite wich.

»Nicht sofort. Ich glaube, das ist besser … Man muss etwas Zeit verstreichen lassen …«

»Ja, die Zeit …«

Als Lucas eine Viertelstunde später wiederkam und nach Maigret fragte, zeigte man auf die Seemannskneipe, wo eben die Lampen angegangen waren.

Er sah den Kommissar durch die beschlagenen Scheiben.

Maigret saß behaglich auf einem Korbstuhl, die Pfeife im Mund, ein Glas Bier vor sich, und lauschte den Geschichten, die sich die Männer in Gummistiefeln und Matrosenmützen erzählten.

Und im Zug, gegen zehn Uhr abends, seufzte derselbe Maigret:

»Die drei haben es jetzt in der Kajüte bestimmt sehr gemütlich.«

»Was für eine Kajüte?«

»An Bord der Saint-Michel. Mit der Petroleumlampe, dem alten Tisch, den dicken Gläsern und der Flasche Schiedam ... Und der Ofen bullert ... Gib mir bitte mal Feuer!«

Ouistreham, an Bord der Ostrogoth, Oktober 1931

Bitte beachten Sie
auch die folgenden Seiten.

DER GANZE SIMENON

Die erste deutschsprachige Gesamtausgabe

DER GANZE MAIGRET

Alle 75 Maigret-Romane und 28 Maigret-Erzählungen. In neuen oder grundlegend revidierten Übersetzungen. Ausgewählte Romane mit Nachworten von Andrea Camilleri, Tim Parks, Karl-Heinz Ott, Rüdiger Safranski, Jean-Luc Bannalec und vielen anderen.

DIE GROSSEN ROMANE

Alle 117 großen Romane, einige seit Jahrzehnten endlich wieder lieferbar. Teilweise in neuen oder vollständig revidierten Übersetzungen. Mit Nachworten von Friedrich Ani, John Banville, Julian Barnes, William Boyd, Axel Hacke, Daniel Kehlmann, Martin Mosebach, Joyce Carol Oates, Hans-Ulrich Treichel und vielen anderen. Eine Kooperation der Verlage Kampa und Hoffmann und Campe.

AUSSERDEM

Zum ersten Mal alle Erzählungen, viele davon als deutsche Erstveröffentlichungen, literaturkritische Essays, Reportagen, autobiographische Schriften, Briefe und Gespräche.

»Manche fragen mich:
Was soll ich von Simenon lesen? –
Ich antworte: Alles!«
André Gide